U0124754

大地上
我们转瞬即逝的
绚烂

Ocean Vuong

On Earth
We're
Briefly Gorgeous

A Novel

［美］王鸥行——著

李鹏程——译

北京联合出版公司
Beijing United Publishing Co.,Ltd.

献给我的母亲

用我的文字建这一小方地，以我的生命为基石，看看，能不能再给你一个中心，好吗？

——邱妙津

我想告诉你真相，我早已跟你讲过大河了。

——琼·狄迪恩

目录

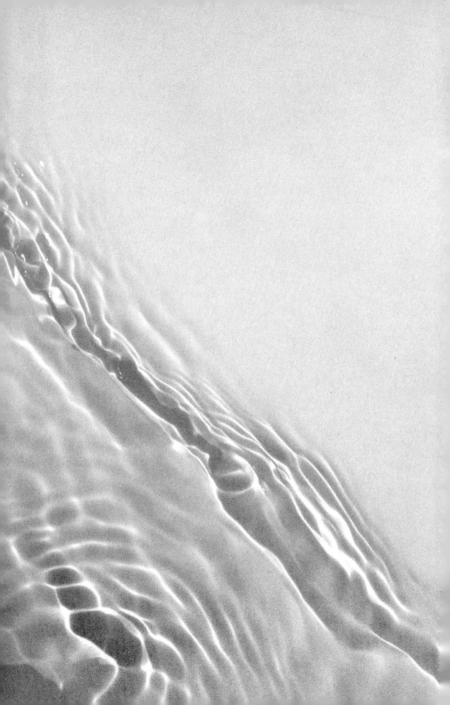

我再来一遍吧。

亲爱的妈。

我书写是想抵达你——虽然我每写下一个字，离你就又远一个字。我书写是想回到那一次，在弗吉尼亚的某公路休息站，你盯着卫生间旁边自动售货机上方悬挂的鹿头标本，满脸惊恐，鹿角的影子打在你的脸上。上车后，你不住地摇头。"搞不懂他们弄那个干啥。难道他们看不见那是具死尸吗？死尸就应该消失，不该被永远钉在那里。"

我现在想到了那头公鹿，想到你盯着它黑色的玻璃眼，在那毫无生气的镜面中看到你的影子，你被扭曲的身体。可震动你的并不是动物的头被砍下后挂起来的丑相，而是标本本身象征着一场永无结束的死亡，一场当我们经过它去上厕所时都会不断死去的死亡。

我书写，是因为他们告诉我一句话永远不要以"因为"开头。但我并不是要造句——我是想挣脱。因为我听人说，自由不过是猎人与猎物之间的距离。

秋。密歇根某地，一大群君主斑蝶，一万五千多只，正准备一年一度的南迁。两个月的时间，从九月到十一月，它们飞一次扇一下翅膀，从加拿大南部和美国飞往墨西哥中部地区过冬。

它们落在我们中间，落在数不清的窗沿、铁丝网篱笆上，落在一条条被刚刚晾在上面的衣服抖得模糊不清的晾衣绳上，落在褪了色的蓝色雪佛兰上，它们的翅膀慢慢折叠，仿佛是要收起来，直至再一次拍打，飞翔。

只要一晚下的霜，就能冻死一整代。如此，活着就是一个时间或者时机的问题。

那一次，我五六岁的时候，搞恶作剧，从走廊的门后跳出来，冲你喊："轰！"你厉声尖叫，面容扭曲，接着呜呜咽咽地哭起来，背靠在门上，手抓着胸口，大口喘气。我愣在那儿，不知所措，脑袋上戴的玩具军用头盔斜到了一边。我还只是个学舌的美国少年，模仿我在电视上看到的东西。我不知道那场战争依然在你心里，不知道还有过那么一场战争，不知道战争一旦进入你身体，就再也不会离开——只是回响，响声幻化成了你儿子的脸。轰。

那一次，我三年级的时候，在英文老师卡拉翰夫人的帮助下，我读到了第一本让我爱不释手的书，一本童书，派翠西亚·波拉蔻的《雷公糕》。故事里的小女孩和奶奶，看到暴风雨在绿色的地平线上酝酿，她们没有关窗或者往门上钉护板，而是一起烘了个雷公糕。这样的行为，这种对常识危险又大胆的拒绝，让我感到不安。但当卡拉翰夫人站在我身后，嘴靠在我耳边时，我被拖往了语言之流的更深处。故事徐徐展开，暴风雨随着她的念诵翻滚而来，又随着我的复述再次翻滚而来。在暴风眼中烘蛋糕，在危险边上吃甜点。

你第一次打我的时候，我应该是四岁。一只手，一道光，一种惩罚。我的嘴火辣辣地疼。

那一次，我试着像卡拉翰夫人教我的那样教你念书，我的嘴唇靠在你耳边，我的手放在你手上，文字在我们投下的影子里流淌。但那种行为（儿子教母亲）颠倒了我们的等级，以及随之而来的身份，而这些在这个国家，本就已经被抻到了极限。结结巴巴之后，失败的开始之后，句子扭在或卡在你的喉咙里之后，你猛地合上书。"我不需要念书。"你这么说道，然后面容扭曲地推开桌子，"我能看——就这样，我不也活到了现在吗？"

还有那次，遥控器的事。对于胳膊上的那块瘀青，我后来跟老师扯谎。"玩捉人游戏的时候，摔了一跤。"

那一次，你四十六岁的时候，突然对涂色产生了兴趣。"我们去沃尔玛吧，"一天早上，你说，"我想买点儿涂色书。"好几个月，你用各种你叫不出名字的色彩，填充你双臂之间的那块地方。*magenta*（洋红色）、*vermilion*（朱红色）、*marigold*（万寿菊色）、*pewter*（锡镴色）、*juniper*（杜松色）、*cinnamon*（肉桂色）。每一天，你都会花好几个小时，沉浸在各种画面中：农场、牧场、巴黎、两匹马在大风吹过的平原上、一个皮肤你没涂色所以还是白色的黑发女孩。家里到处都挂满了你的画，看起来活像间小学教室。我问你："为什么要涂色，为什么现在涂？"你放下手里的蓝宝石色铅笔，盯着涂了一半的花园，仿佛在做梦。"就是进里面放空一会儿，"你说，"但我什么都能感觉到。仿佛我还在这儿，在这间屋里。"

那一次，你拿起乐高玩具的盒子冲我的脑袋扔来。硬木地板上滴滴鲜血。

"你有没有创造过某种场景，"你边给一幢托马斯·金凯德的房子涂色，边说，"然后把你放到里面？你有没有站在后面观察自己，看着你的背影越来越远，越来越深入那个场景？"

我该怎么告诉你，其实你描述的就是写作？我该怎么说，其实归根结底，我们是那么相近，我们的手在各自的纸页上投下的影子，正融在一起？

"对不起，"你边给我包扎额头上的伤口，边说，"穿衣服，我带你去吃麦当劳。"脑袋仍在隐隐作痛的我用鸡块蘸着番茄酱，你在一旁看。"你要长高一些、长壮一些，好吗？"

昨天，我重读了罗兰·巴特的《哀痛日记》。他在母亲去世后每天写一篇，写了一年。他写道：*我了解患病之中、弥留之际的母亲的身体。*读到这儿，我停了下来，然后决定写东西给你。尚在人世的你。

每个月末的那些星期六，你付完账单后还有余钱的话，我们会去逛商场。别人盛装打扮，是去做礼拜或者吃晚宴；我们打扮得花枝招展，是去91号州际公路旁的商场闲逛。你会一大早就起床，花上一个小时来化妆，再穿上你最好看的那件缀着亮片的黑色礼服，戴上一对金耳环，穿上饰有金银锦缎面的黑鞋子。然后，你跪在地上，往手心里倒点儿润发油，抹在我的头发上，再用梳子梳好。

陌生人在那儿看见我们，绝对想不到我们平时买东西的地方，是富兰克林大道街角的那家小商店：店门口散落着用过的食物券收据，牛奶、鸡蛋这类日常必需品的价格要比郊区贵三倍，皱皱巴巴、伤痕累累的苹果躺在硬纸箱里，箱底已被猪血浸湿，那是从盛放散装带骨猪排的板条箱里流出来的，里面的冰早化了。

你会指指歌帝梵巧克力店，说："咱去买点儿这高级巧克力。"我们会拿个小纸袋，往里面随便装五六块巧克力。我们在商场往往只买这个，然后边走边互相递着吃，直到手指头变得黑乎乎又甜滋滋。"这才叫享受人生啊。"你会一边这么说，一边舔手指，粉色的指甲油在你给人修一个星期的脚之后早已剥落。

那一次，你挥舞着拳头，在停车场里大喊大叫，夕阳把你的头发蚀刻成红色。我用胳膊护住头，你的指节在我周围砰砰作响。

那些星期六，我们会沿着走廊一直逛，逛到商店一家家关上它们的钢铁门。然后，我们才往街边的公交站走，呼出的热气在我们上方飘着，你脸上的化妆品已经干掉。我们两手空空，除了我们的手。

今早天还没亮的时候，在我的窗外，一头鹿站在雾里。那雾气又浓又亮，以至于不远处的第二头鹿，看起来就像是第一头未完成的影子。

你可以给那个影子涂色，可以称之为"回忆的历史"。

迁徙的触发因素可以是阳光角度的变化，预示着季节的更替，也可以是温度、植物、食物源。雌性君主斑蝶沿线产卵。每段历史都有不止一条主线，每条主线都是一段有关分裂的故事。整个迁徙旅程长达四千八百三十英里[①]，比这个国家的长度还要长。南飞的君主斑蝶不会再回到北边。如此说来，每一次出发都是最后一次。只有它们的孩子回来，唯有未来回访过去。

一个国家不就是一次无边的徒刑，终生？

那次在华人肉店老板那儿，你指着铁钩上挂着的烤猪说："猪肋骨看着好像烤煳以后的人肋骨。"你发出一声短促的笑，顿了顿，然后掏出钱包，面容干瘦地重新数了一遍我们的钱。

一个国家不就是一次无期徒刑？

---

① 1英里 ≈ 1.6 千米。——编者注

那一次，一加仑牛奶。奶桶砸在我的肩胛骨上，爆裂开来，然后便是一阵白色雨落在厨房的地砖上。

那一次，在六旗游乐园，你跟我一起坐超人过山车，因为我一个人不敢坐。下来后你吐了，整个头伸进了垃圾桶。而我在兴高采烈之余，竟忘了说*谢谢你*。

那一次，我们去慈善二手店，购物车里堆满了带黄签的东西，因为那天所有带黄签的都可以再打五折。我推着购物车，跳到后梁上往前滑，看着我们收获的那堆被抛弃的宝贝，感到无比富有。那天是你的生日。咱要挥霍一把。"我像不像真正的美国人？"你把一件白色的连衣裙贴在身上问。那衣服稍微有些正式，你基本上没什么场合穿，但也没有正式到*完全没*机会穿。一个机会。我点点头，咧着嘴笑。到这会儿，购物车已经满到我都看不见前面有什么了。

那一次，菜刀——你拿起来，又放下，气得发抖，压着声音说："出去。出去。"我跑出家门，跑到了夏日乌黑的大街上。我一直跑，跑到我忘了自己是十岁，跑到我只能听见自己的心跳。

那一次，在纽约市，方表哥车祸死亡一个星期后，我走进了开往上城的地铁2号线，然后看到了他的脸。车门打开时，那张清楚、圆润的脸正在看我，他还活着。我倒吸了一口气，但也很清楚，那只是一个跟他长得很像的人而已。可见到那张我以为再也不可能见到的脸，还是让我顿觉颠倒——五官一模一样，粗犷的下巴、开阔的额头。他的名字冲到我的嘴边，又被我咽了回去。上到地面后，我坐在消防栓上，给你打了电话。"妈，我看见他了。"我喘着粗气说，"妈，我发誓，真的看见他了。我知道这听起来有些傻，但我在地铁上看到方了。"我当时正恐慌发作。你很清楚这一点。所以有一会儿，你没说话，然后开始哼唱起《生日快乐》的旋律。那天不是我的生日，但你会唱的英文歌只有这一首。你在那边一直哼。我在这边听，把手机紧紧地贴在耳朵上，以至几个小时后，我的脸上还能看到一个四四方方的红印子。

　　我今年二十八岁，身高约一米六二，体重五十点八千克。我看起来帅的角度只有三个，剩下的全是死角。我正从曾经属于你的身体里给你写信，换言之，我正在以人子的身份写信。

　　如果走运的话，句子的结尾就有可能是我们开始的地方。如果走运的话，有些东西会传递过去，另一套用鲜血、肌腱、神经元写就的字母表；祖先给亲族装满了沉默的推进力，让

011

它们往南飞，飞向故事中那个没有谁注定会活更久的地方。

　　那一次，在美甲店，我听见你安慰一个最近丧亲的客人。你给她美甲，她泪眼蒙眬地说："我的宝贝没了，我的小姑娘，朱莉。我实在无法接受，她可是我最强的孩子，我的老大。"

　　你点点头，口罩后面是朴素的眼神。"没事的，没事的。"你用英语说。"别哭了。你的朱莉，"你继续道，"她怎么死的？"

　　"癌症。"那女士说，"还是在后院儿里！她直接死在了后院儿，苍天啊。"

　　你放下她的手，摘下你的口罩。癌症。你往前探了探身子。"我妈妈，也是，她也是得癌症死的。"店里安静下来。你的同事们在座位上不安地挪了挪。"可怎么在后院儿，她为什么死在那里？"

　　那女人擦了擦眼睛。"那是她住的地方呀。朱莉是我的马。"

　　你点点头，戴好口罩，继续给她美甲。那女人走后，你摘下口罩，扔到了屋子对面。"该死的，是匹马啊！"你用越南语说，"天啊，我都准备好到她女儿的坟前上一束花了。"

那天余下的时间里，你给这个手那个手做美甲期间，会不时抬起头，大喊一声："该死的，是匹马啊！"然后，大家一阵哄笑。

那一次，我十三岁时，终于说出了"住手"二字。你的手停在半空中，我的颧骨被第一记耳光打得生疼。"住手，妈。别打了，求你。"我使劲儿盯着你，那个时候我已经学会了直视那些霸凌者的目光。你转过身，默默拿起你的棕色羊毛外套，往商店走。"我去买鸡蛋。"你扭头说了这么一句，仿佛刚刚什么都没发生过。但我们俩都清楚，你再也不会动手打我。

在迁徙过程中幸存下来的君主斑蝶，把这条信息传给了子女。在最初那个冬天丧生的家庭成员，将自己的记忆编进了它们的基因里。

战争何时才会结束？我何时才能在喊出你的名字时，让它只象征你的名字，不再象征你留在身后的东西？

那一次，我醒来时，天还是墨蓝色，我的脑子里——不，是家里——飘满了轻柔的音乐。我抬脚下床，踩在凉凉的硬木地板上，走到你的房间。你不在床上。"妈。"我叫了一声，在音乐声中像一朵切花那样纹丝不动。那是肖邦的曲子，从壁橱里传出来。壁橱的门被一圈淡红色的光衬着，看起来像通往某个着了火的地方的入口。我坐在门外，听着前奏曲，以及那之下，你均匀的呼吸声。我不知道自己那样坐了多久。但后来，我回到了床上，把被单拽到下巴那儿，直到身体不再颤抖。音乐还在继续。"妈，"我再次自言自语道，"回来。出来吧。"

你有一次告诉我，人的眼睛是神最孤独的创造。世上有多少东西会穿过瞳孔，可它什么都留不下。一只眼睛孤零零地待在自己的眼眶里，完全不知道一英寸①之外，还有完全相同的另一只，一样饥渴，一样空洞。你打开前门，对着我人生中的第一场雪，耳语道："看。"

那一次，你在水槽旁择一篮四季豆的时候，没头没脑地说了一句："我不是怪兽。我是个母亲。"

我们说幸存者的时候，是指什么？或许，幸存者就是最后一个回家的人，就是最后那只落在已被一个个鬼魂压弯的树枝上的君主斑蝶。

① 1英寸 =2.54 厘米。——编者注

晨光将我们包裹起来。

我放下书。四季豆的两头继续啪啪地响，当当地掉在钢制水槽里，好像一根根手指。"你不是怪兽。"我说。

但我说谎了。

我真正想说的是，做头怪兽也不是什么可怕的事。"怪兽"（monster）的词根是拉丁语的monstrum，意指报告灾难的神使，后来被古法语纳入，形容那种混合出身的动物，如半人半马怪、狮身鹰首兽、半人半羊怪。做头怪兽就是做个混合信号，就像灯塔：既提供庇护，也发出警告。

我曾经读到，患有创伤后应激障碍的父母更可能殴打子女。或许这事儿确实有某种怪兽般的缘起。或许动手打孩子是为了让他做好面对战争的准备。要说拥有心跳，从不会像心脏对身体说"是是是"那般简单。

我不知道。

我知道的是，你在慈善商店把那件白色连衣裙递给我时，双眼看起来大而无神。"你能看懂这个吗？"你说，"告诉我这料子是不是防火的。"我翻了翻下摆，研究了标签。其实我看不懂，但我说"是"。反正这么说了。"是，"我撒着谎，把连衣裙举到你下巴那儿，"是防火的。"

过了几天，一个邻家小男孩骑车路过时，会看到我正穿着那件连衣裙站在前院儿——那会儿你已经去上班了。我之所以穿它，是想看起来更像你。但第二天课间休息时，孩子们叫我变态、娘炮、基佬。好久之后，我才了解到，这些词不过是怪兽的迭代。

有时候，我会幻想君主斑蝶逃离的不是冬天，而是你小时候在越南见过的凝固汽油弹爆炸云。我幻想它们从爆炸后的熊熊烈火中飞逃出去，毫发无伤。它们那黑红相间的小翅膀，仿佛四下飘散的碎片在抖动，在空中绵延几千英里，以至于你抬头看时，根本无法想象出那场把它们释放出来的爆炸，你只会看到一群蝴蝶在洁净、凉爽的空气中翩翩飞过。它们的翅膀，在经历过无数次大火之后，终于不再怕火。

"那就好，宝贝。"你的目光掠过我的肩膀，表情木讷，连衣裙被你捧在胸口，"太好了。"

你是一位母亲。妈。你也是一头怪兽。可我也一样——所以，我无法背弃你。所以，我才把你放到了神最孤独的创造中。

看。

这封信之前有过一稿，被我删了。在那一稿中，我跟你讲了我怎么当上的作家；怎么成为我们家第一个上大学的人，但把这个机会浪费在了英语专业上；怎么从我那屎一样的高中逃离，跑到纽约，迷失在图书馆的书库里，埋头阅读那些晦涩难懂的文字——写下它们的人早已作古，大部分也一定不会想到会有我这样一张面孔飘浮在他们的词句之上，更想不到我还会被它们拯救。现在，那一切都不重要了。真正重要的是，虽然我当时并不知道，但那一切把我带到了这里，带到了这一页，让我来告诉你每一件你永远不会知道的事。

事实是，我曾经是个没有受过伤的小男孩。八岁那年，我站在哈特福德的一居室公寓里，盯着兰外婆熟睡的脸。尽管她是你母亲，但和你一点儿都不像；她的皮肤要黑三度，看起来像是暴雨过后的污泥裹在瘦削的脸上，双睛像碎玻璃一样发亮。我说不清为什么会扔下那堆绿色的军人玩具，走到她旁边。她躺在硬木地板上，身上盖着一条毯子，双臂交叠放在胸口。熟睡中的她，眼球在眼皮下动来动去，深深的抬头纹仿佛是被鞭子抽出来的，一条条标记着她五十六年的人生。一只苍蝇落在她的嘴旁，又飞到她发紫的嘴唇上。她的左脸抽搐了几秒。满是黑色大毛孔的皮肤在阳光下皱如涟漪。我从未见过一个人在睡梦中还能有如此大的动静——除了在梦中奔跑的狗，但我们永远不会懂它们的梦。

当时我在寻找的，我现在才明白，并不是她的身体，她的身体在睡觉时一直动来动去；我在寻找的是静止，是她的心灵。只有在这种抽动的安静中，她那清醒时粗野和狂暴的大脑才会平静下来，达到某种接近宁静的状态。我在看一个陌生人，我心想。这陌生人抿着嘴，看起来一副心满意足的样子，完全不同于清醒时的兰，或者说我熟悉的兰。那个兰总是在漫无边际、喋喋不休地说着什么，她的精神分裂症在战后愈加严重。不过，我认识的她向来都很粗野。自我记事起，她在我面前总是忽隐忽现，时而清醒，时而糊涂。这就是为什么在这安宁的午后阳光中端详她时，我仿佛是在回望过去。

一只眼睛睁开了，上面还蒙着一层乳白色的睡意，它慢慢睁大，直到全然装下我的身影。我对影独立，被透过窗户照进来的一束光钉在那里。接着，另一只眼睛也睁开了，这只有些粉红，但更清澈。"饿啦，小狗？"她问。她面无表情，仿佛还在安睡。

我点点头。

"这个时候我们该吃点儿什么呢？"她朝屋子四周指了指。

我心想，这只是随口一问吧，便没吭声。

但我理解错了。"我说吃什么？"她坐起来，齐肩发披散着，好像一个刚刚经历过爆炸的卡通形象。她爬过来，蹲在军人玩具面前，拿起其中一个，捏在指头间细细研究起来。她的指甲经过你一向细致的修剪和涂抹，看起来很完美，是她身上唯一没有瑕疵的地方。她举着那名士兵，仿佛在检查一件新出土的文物，指甲上闪烁着红宝石般的光泽，看起来稳重典雅，在她长满老茧、干燥皲裂的指节衬托下分外显眼。

那名士兵背着一台无线电设备，单膝跪地，永恒地对着接收机呼喊。他的一身装束暗示他参加的是第二次世界大战。"你是谁，先生？"[①]她用塑料英语和塑料法语问那个塑料小人，又突然把无线电设备贴到耳边，细细听着，眼睛望向我。"你知道他们跟我说什么吗，小狗？"她用越南语低声说道，

① 原文为"Who yoo arrgh, messeur？"。（本书注释若无特殊说明，均为译者注。）

"他们说——"她把头歪向一旁，探过身来，呼出的气息里混合着利口乐止咳糖和浓浓的睡意，那小绿人仿佛被她的耳朵吞了下去。"说只有祖母们给吃东西，好兵才能得胜。"她清脆地笑了一声，又突然止住，一脸茫然地把无线电员放在我手上，合拢我的五指。然后，她站起身，趿拉着拖鞋朝厨房走去。我紧紧攥着这条信息，塑料天线刺在掌心里。邻居放的雷鬼乐闷闷地穿过墙壁，渗满房间。

我现在、从前有过许多名字。小狗是兰给我起的。一个用花给自己和女儿起名的女人，为什么会把外孙唤作小狗？因为她疼惜骨肉。如你所知，在兰长大的那个村子，人们通常会给像我一样过于瘦弱的孩子起个贱名：恶鬼、鬼娃、猪鼻、猴生、牛首、浑蛋——小狗还算好听的一个。原因是，当恶灵在大地上四处游荡，搜寻健康、美好的孩子时，听到某个丑陋可怖的名字被唤回家吃饭，便会略过那家，放孩子一命。如此说来，爱一样东西就要给它起个贱名，这样它才能免受侵扰。名字薄如空气，但也可作盾牌。小狗盾牌。

我坐在厨房的瓷地砖上，看着兰往一个边上画着靛青色藤蔓的瓷碗里盛了两勺热腾腾的米饭。她端起茶壶，往米饭上浇了一股茉莉花茶，茶水是刚好让几粒米在这淡黄色液体里浮起来的量。我们坐在地上，来回递着冒着香气和热气的碗。吃起来的味道，你可以想象一下被捣碎的茉莉花——又苦又干，带着一股子清亮、香甜的余味。"真正的农民食物，"兰笑着说，"这是我们的快餐，小狗。这是我们的麦当劳。"她往一旁欠起身子，放了个响屁。我学她的样子，也放了一个，然后我们俩闭着眼，哈哈大笑起来。接着，她止住了笑声。"吃完。"她用下巴指指碗，"你每浪费一粒米，下了地狱就得吃一条蛆。"她撸下手腕上的皮筋，把头发盘成了一个髻子。

人们说，创伤不仅会影响脑子，也会影响身体，比如肌肉组织、关节、体态。兰的背一直都驼得很厉害，以至于她站在水槽前的时候，我几乎看不到她的脑袋，只能看到头顶的发髻随着她洗碗的动作上下起伏。

她瞅了一眼放食物的架子，上面已经空了，只有孤零零的半罐花生酱。"我得再买点儿面包去。"

美国独立日头两天的某个晚上，小区邻居在房顶放烟花。一道道微光冲向被灯光污染的紫色天空，碎成一声声巨大的爆炸，回荡在我们的公寓中。我被你和兰夹着，在客厅的地板上睡得正香，恍惚间感到她整晚靠在我后背上的身体所散发出来的温暖突然消失了。我翻身见她跪在那里，拿着毯子疯狂地又抓又挠。我还没来得及问出了什么事，她便伸过一只冰冷潮湿的手，捂住了我的嘴，并把另一只手的食指放在嘴前面。

"嘘。别叫，"我听到她说，"不然迫击炮会知道我们在哪儿。"

她的眼中映着街灯，黑乎乎的脸上反射出黄色的光亮。她抓住我的手腕，把我拉到窗前。我们蹲在窗沿下，蜷成一团，听着一声声巨响从我们头顶飞过。她慢慢让我靠在她的大腿上，然后我们静静等待着。

她断断续续跟我小声说迫击炮的事，手还时不时捂住我的嘴——她手上的大蒜和万金油味很刺鼻。我们就那样坐了两个小时，我的后背感受着她有规律的心跳，房间开始变成了灰白，接着又被靛蓝色浸满。光亮照出两个裹着毯子的睡影，正横七竖八地躺在我们面前的地板上：你和你姐姐梅。你们看起来就好像两条在白雪皑皑的苔原上延绵的山脉。我的家人，我心想，就是这样一幅沉默的北极景观，在经历了一夜的炮火之后，终于安静下来。兰的下巴在我肩上渐渐变沉，呼吸声在我耳边渐渐变匀，我知道，她终于和女儿们一样进入了梦乡，我满眼只能看到七月的雪——柔滑、纯粹，没有名字。

　　成为小狗前，我还有一个名字——我出生时的名字。某个十月的下午，在西贡郊外一座用香蕉叶子盖顶的小屋里，在你长大的那片稻田上，我成了你的儿子。听兰说，一位当地的萨满和他的两个助手蹲在屋外，等待着我最初的哭喊。兰和接生婆剪断脐带之后，萨满和助手便冲进去，用一块白布把身上还满是黏液的我包起来，跑到附近的河中，焚着香和鼠尾草，在缭绕的烟雾下把我清洗干净。

　　萨满在我额头上抹了一道灰，然后将哇哇大哭的我放进父亲的臂弯中，悄声叫出他给我起的名字，并解释道，名字的意思是爱国领袖。父亲请这个萨满时，对方注意到他外表冷漠，走路时挺着胸，想把一米五七点五高的身形撑大一些，说话时手势乱飞，看起来像在打拳，所以便挑了一个——我想——应该可以让这个花钱请他的人满意的名字。他想对了。兰说，父亲听了之后笑容满面，站在小屋门口，将我举过头顶，喊道："我儿子以后就是越南的领袖。"可越南在战争结束十三年后依旧狼藉遍地，且每况愈下，所以我们不得不在我两岁时，逃离了他正站立的那片土地。而在几米开外的地方，你的鲜血在双腿中间流成一个暗红色的圆，把下面的土变成了泥——我则活着。

其他时候，兰对噪声的态度似乎很矛盾。你还记不记得有天晚上，我们吃完饭以后，围在兰周围听她讲故事，突然街对面传来了枪响？虽然枪声在哈特福德并不罕见，但我永远也无法习惯那种声音——异常尖厉，似乎又比我想象中的更单调，仿佛夜晚的公园里那些练棒球的少年一次又一次击出的本垒打。我们都尖叫起来——你、梅姨、我——把腮帮子和鼻子贴到了地上。你大喊一声："快关灯。"

屋子黑了几秒钟后，兰说："干啥啊？就响了三枪。"她的声音从她刚才坐着的地方传过来。她动都没动。"是不是呀？你们是死了呀，还是还喘气儿呢？"

她挥手招呼我们起来，衣服蹭着皮肤，发出沙沙的响动。"以前打仗的时候，你还没回过神儿来呢，整个村子就没了。"她擤了擤鼻子，"赶紧开灯，趁我还没忘讲到哪儿了。"

兰交给我的任务之一是拿把镊子，给她一根一根拔白头发。"头发里的雪，"她解释道，"让我的脑袋很痒。你把这些痒人的头发给我拔了吧，小狗？雪都在我头上扎根了。"她把镊子塞到我的指缝间，咧嘴笑着，轻声说："今天让外婆返老还童，好不好？"

任务的酬劳是她给我讲故事。根据从窗户照进来的光，我把她的头调整好位置，再在膝盖下垫个枕头，跪到她身后，捏着镊子开始拔。她则开始讲故事，声音比平时低一个八度，慢慢沉浸在讲述之中。大多数时候，她就像平常一样絮絮叨叨、翻来覆去讲那些事。这周从脑子里蹦出来的故事，下周又会登场，连开场白都一模一样："接下来这个故事，小狗，这个保准会让你大吃一惊。你到底要不要听我讲呀？那就好。因为我从来不说谎。"还是熟悉的故事，甚至连惊险或关键时刻的戏剧性停顿和语调变化都如出一辙。我会跟着她的故事对口型，仿佛是第无数遍看一部电影，一部以兰的讲述为剧本、由我的想象摄制而成的电影。我们通过这种方式合作。

我拔的时候，四周的白墙与其说被填满了稀奇古怪的景观，倒不如说变成了一个窗口，墙泥崩裂，露出了墙后的过去。战争场面、人猴传说，还有来自大叻深山的古代捉鬼人，带着成群的野狗走村串寨，用写有咒语的棕榈叶驱散恶灵，而报酬就是几罐米酒。

私人故事也有。比如她跟我讲你是怎么出生的，讲那个被部署在金兰湾某艘海军驱逐舰上的白人美国大兵；讲她遇见他时穿着一件紫色奥黛①，从酒吧的灯下走过时，开衩的下

① 奥黛是音译，越南的一种服装。——编者注

025

摆在身后飘扬；讲那时候她已经离开第一任丈夫，逃离了那段包办婚姻；讲她年纪轻轻，在一座战时城市求生，第一次举目无亲，全靠她的身体、那件紫色奥黛才活下来。听她讲这些的时候，我的手会变慢，到后来干脆不再动弹。因为我完全沉浸到了正在公寓白墙上播放的电影中，忘我地投入在她的故事里，心甘情愿地迷失了方向。这时，她会往后一伸手，拍拍我的腿。"哎，你别给我睡着啊！"但我没睡着。我就站在她身旁，看着她的紫色奥黛在烟雾缭绕的酒吧中摇摆，看到酒杯叮叮当当碰在一起，空气中弥散着机油和雪茄的味道，还有伏特加和军服上残留的枪烟味。

"快帮我弄呀，小狗。"她抓住我的双手，贴到胸口上，"帮我保持年轻，让这些雪从我的生活中消失——全都从我的生活中消失。"在那些个午后，我慢慢明白，疯狂有时也能带来新的发现，碎裂和短路的头脑也不全是毛病。我们的声音反复填满房间，雪从她的头上落下，过去的事在我们周围徐徐展开，我膝盖四周的硬木地板渐渐变白。

　　还有校车上发生的事。那天早上和往常一样，没人坐我旁边。我把脸贴在车窗上，让外面的世界塞满视野，那是阴暗的淡紫色清晨：六号汽车旅馆，尚未开门营业的克莱恩洗衣店，一辆没了引擎盖的米色丰田车停在前院，一架轮胎做的秋千斜插在土里。校车加速，城市的点滴飞旋而过，仿佛洗衣机里的衣物。周围的男孩互相打闹，猛然落下的胳膊和拳头推搡着空气，我的脖子后面能感受到他们快速挥动的双臂带起的风。我很清楚自己这张脸在这片地方很少见，便更用力地把头贴到车窗上，不去理会他们。就在这时，我突然看到外面的停车场中央冒出一个火花。但直到听见背后传来的声音，我才明白那火花原来在我的脑子里。是有人猛推了我一下，我的脸撞到了玻璃上。

"说英语。"一个顶着黄色西瓜头的男生说道，他下巴上潮红的赘肉一颤一颤的。

最残忍的墙，是玻璃做的墙，妈。我当时真想打破车窗跳出去。

"喂！"那个双下巴男生凑过身，满是醋味的嘴就在我脸旁。"你不会说话吗？你不会说英语吗？"他抓着我的肩膀，把我转向他，"跟你说话呢，看着我。"

他才九岁，但已经熟练掌握了美式坏父亲的专用语言。其他男生围拢过来，觉得要有好戏看了。我可以闻见他们的衣服刚刚洗过，还带着柔顺剂里的薰衣草和丁香味。

他们等在那儿，想看看会发生什么。但我什么都没做，只是闭上眼。那个男生扇了我一巴掌。

"说话呀。"他把肉乎乎的鼻子凑到我通红的腮帮子旁，"连一个字都不能说？"

第二个巴掌打在了我的头顶，是另一个男生扇的。

西瓜头男生托住我的下巴，把我的头拽向他。"那叫我的名字。"他眨眨眼，又长又黄的睫毛呼扇着，几乎看不清楚，"像你妈昨晚那样。"

车窗外，宽大、潮湿的树叶萧萧落下，如一张张脏兮兮的钱。我竭力做出顺从的样子，叫了他的名字。

我任由他们的笑声侵入我的身体。

"再叫。"他说。

"凯尔。"

"大点儿声。"

"凯尔。"我仍旧闭着眼。

"这才像个乖乖的小贱货。"

这时，仿佛天气突变，收音机里传来了一首歌。"哎，我堂哥刚去过他们的演唱会！"然后一切就结束了。他们的身影从我头顶散开。我由着一条鼻涕滴落下来，盯着自己的脚，盯着你给我买的鞋，那双鞋底装着红灯，走路时会一闪一闪的鞋。

我把额头抵在前面的座位上，两只脚互相磕着鞋子，起初很慢，然后越来越快。红光从我的运动鞋中喷薄而出：世界上最小的两辆救护车，哪儿也去不了。

然后是那天晚上，你在沙发上坐着，刚洗完澡，头上裹一条毛巾，手上的红标万宝路正慢慢燃烧。我站在旁边，一动不动。

"为什么？"你眼睛盯着电视。

你用力把烟头戳进茶杯里，我当即就后悔跟你说了实话。"为什么要让别人那么欺负你？不要把眼闭上。你又不困。"

你的眼神挪到我身上，蓝色的烟圈在我们之间盘旋。

"什么样的男孩子才会让人那么欺负啊？"烟从你的嘴角漏出来。"你都没还手，"你耸耸肩，"就由着他们。"

我又想到了车窗，想到了一切东西似乎都像窗户，就连我们之间的空气也是。

你抓住我的肩膀，用你的脑门顶住我的脑门。"别哭了。怎么动不动就哭！"你离我很近，我甚至能闻到你牙齿间残留的烟味和牙膏味，"没人碰你。哭什么哭——该死的，叫你别哭了！"

那天的第三个巴掌将我的目光扇向一旁，电视屏幕在眼前一闪，我的头马上又转回去，正对着你。你来回打量我的脸。

然后你一把把我拽到你怀里，我的下巴紧紧压在你的肩上。

"你得自己想办法呀，小狗，"你对着我的头发说，"你得自己解决，因为我英语不好，帮不了你，我没法告诉他们不要欺负你。你得自己想办法。要么自己想办法，要么以后别再跟我讲这些，听见了吗？"你身子往后一退。"你要变成真正的男人，要坚强起来。你必须学会反抗，否则他们会一直欺负你。你有一肚子英语，"你把手掌放在我的肚子上，喃喃说道，"要用起来，知道了吗？"

"知道了，妈。"

你把我的头发拨到一边，亲了亲我的脑门儿。你打量着我，过了好一会儿才躺回沙发上，挥了挥手："去给我拿根烟。"

我拿着万宝路和芝宝打火机回来的时候，电视已经关了。你就坐在那儿，透过蓝色的窗户，望向外面。

第二天一早，在厨房，我看着你把牛奶倒进一个跟我脑袋一样高的玻璃杯里。

"喝吧，"你噘着嘴，透着一股子骄傲劲儿，"这是美国的牛奶，喝了能长大个儿。绝对的。"

那杯冰凉的牛奶，我喝了好多，喝到后来舌头发麻，连牛奶的味儿都尝不出了。那之后的每个早上，我们都会重复一遍这个仪式：牛奶如粗白的辫子一般汩汩而下，我当着你的面咕咚咕咚喝到肚子里，我们俩都盼着这消失在我体内的白色，能让我这个黄皮肤的男孩强大起来。

我喝的是光，我心想。我用光明填满了自己。那光一般的牛奶会倾泻而下，浇散我体内的黑暗。"再喝点儿，"你敲着灶台说，"我知道有点儿多，但肯定有好处。"

我喝完后，咣的一声把杯子放在灶台上，一脸自豪。"看到没？"你抱着胳膊说，"你已经像超人了！"

我咧嘴笑起来，嘴唇之间的牛奶还在冒泡。

有人说，历史是螺旋式前进的，不是我们以为的那样像条直线。我们以螺旋的轨迹在时间中穿梭，与震中的距离不断增加，但最终又会回到那里，只是隔了一个圈。

通过那些故事，兰也在螺旋式行进。我听她讲时，有时会发现故事突然变了——变得不多，就是一些细枝末节，如某个时间、某人衬衫的颜色、两次而非三次空袭、AK-47突击步枪而非9毫米口径的手枪、女儿在笑而非哭。叙事会出现转折——过去永远都不是一片固定、静止的景观，而是不断被重新看见。无论愿不愿意，我们都在螺旋式前进，从消失的事物中制造出崭新的事物。"让我变年轻吧，"兰说，"让我的头发变黑，不要这样的雪，小狗。不要雪。"

但是说真的，我不知道，妈。我写下过一些理论，然后又擦掉，从桌旁走开了。我把水壶烧上，让水开的声音改变我的想法。你有什么理论吗？无所谓关于什么，是理论就行。我知道我一问你，你准会笑，捂着嘴笑。在你儿时的村庄里，所有女孩子都这么笑。虽然你的牙天生又白又齐，可你一直保留着这个习惯。你会说没有，只有那些闲工夫多、决断力少的人才会搞理论。但我知道你有一个。

我们坐飞机去加利福尼亚那次，你还记得吗？你准备再给他——我的父亲——一个机会，虽然你那被他无数个反手巴掌打歪的鼻子，还歪着。我当时六岁。我们没带兰，把她留在了哈特福德，和梅待着。途中，飞机遇到气流，猛地一颠，把我震出座位，小小的身体腾起来，又被安全带扯了下去。我开始大哭。你一只胳膊搂住我的肩膀，靠在我身上，用你的身体吸收了飞机的颠簸。然后，你指着窗外厚厚的云团说："我们飞到这么高以后，云彩就变成大石头了——很硬的那种——所以你才会觉得颠簸。"你的嘴唇擦着我的耳朵，语调舒缓。我细细观察着天边那些花岗岩色的庞大山脉。是啊，飞机当然会晃了。我们是在岩石间穿行啊，我们的航班是一段超自然般的坚毅旅程。因为回到那个男人身边就需要那样的魔法。飞机应该摇晃，甚至几近碎裂。有了崭新的宇宙法则，我靠到椅背上，看着我们冲破了一座又一座的山。

在说话这件事上，你拥有的词汇还不如你从美甲店小费里攒出来、存在厨房橱柜下面那个牛奶桶里的硬币多。你经常只会指着一只鸟、一朵花或者沃尔玛的一副蕾丝窗帘，不管是什么，说真好看。有一次，你指着一只正在邻居院子中奶白色兰花上方盘旋的蜂鸟，惊呼道："Đẹp quá！"（"真好看！"）你问我那是什么鸟，我告诉了你它的英文名字——因为我只知道英语里怎么叫。你茫然地点点头。

可第二天，你就忘了，几个音节就在舌尖上，却怎么也想不起来。后来，我从城里回来时，注意到前院里多了一个蜂鸟喂食器：清澈、甜美的花蜜装在一个玻璃球里，球上有五颜六色的塑料花，花上有针头大小的孔，方便蜂鸟伸嘴进去。我问你怎么回事，你从垃圾里翻出一个皱巴巴的纸盒，指指上面那只翅膀模糊、嘴巴细长的蜂鸟——一只你叫不出名但能认出来的鸟。"Đẹp quá，"你微笑着，"Đẹp quá。"

你那晚回家后，我和兰已经吃完了茶泡饭，我们俩就一起走去紧临新不列颠大街的那家C城超市，足足走了四十分钟。到的时候，人家已经快关门了，货架上也空了。寒冬将至，你想买点儿牛尾，给我们做顺化牛肉粉。

我们来到生肉柜台前，兰和我拉着手站在你身旁，你在玻璃柜里的大肉块中间找了半天也没看到牛尾，便朝柜台后面的男人招了招手。他问你要什么，你顿了好久，才用越南语说道："Đuôi bò. Anh có đuôi bò không?"（"牛尾。有牛尾吗？"）

他用目光扫了扫我们的脸，往前凑了凑，又问了一次。兰的手在我手里颤抖着。挣扎了一会儿，你把食指放在腰上，又微微转过去，好让那个男人看到你的后背，然后边摇手指，边学牛叫。你还把另一只手举到额前，比了个牛角。你动来动去，小心地扭着身子，甩着屁股，希望他能看出这段表演的每个部分：犄角、尾巴、牛。但那人只是笑，起初还捂着嘴，后来干脆放声大笑起来。你额头的汗珠被日光灯照得晶亮。一个中年女人抱着一盒幸运符牌谷物圈，憋着笑，匆匆经过我们。你把舌头顶在一颗磨牙上，腮帮子鼓鼓的。你看起来好像要被空气淹死似的。你又试着说法语，搜索童年记忆中残存的一点碎片。"Derrière de vache!"（"牛屁股！"）你喊道，脖子上青筋暴起。那个男人朝身后的屋子招招手，一个肤色黑些的矮个子男人走出来，跟你说起了西班牙语。兰松开我的手，和你一起学，母女俩在那儿转着圈儿摇来摆去，哞哞叫着。兰一直笑个不停。

那两个男人露出又大又白的牙齿，笑到狂拍柜台。你转过身来，满脸是汗地向我恳求道："告诉他们。快呀。说我们要买什么。"我不知道牛尾在英文里是oxtail，只能摇摇头，羞愧难当。那两个人盯着我们，先前的笑容变成了迷惑和关切。超市要关门了。其中一个低下头，又诚恳地问了一遍。但我们转身走了。我们不要牛尾，不吃顺化牛肉粉了。你拿了一条神奇面包、一罐蛋黄酱。我们去结账，但谁都没说话。突然，我们的话似乎在哪里都不对了，甚至在我们的嘴里也不对。

排队时，你看到在糖果和杂志中间的托盘上摆着一堆心情戒指①，便用手指夹起一个，看看价格，又拿了两个——每人一个。"Đẹp quá，"过了一会儿，你呢喃道，"Đẹp quá。"

没有什么事物能一直与快乐产生联系，巴特曾写道，不过，对于作家而言，母语可以。可假如母语没学好呢？假如说母语的舌头不但代表了空白，而且本身就是空白，假如舌头被割了呢？一个人能否在不彻底失去自我的情况下，从失去中得到快乐？我会的越南语，是你教我的越南语，是词汇

————

① 心情戒指：一种可以随温度不同而变色的戒指。——编者注

和句法只有二年级水平的越南语。

小时候，你曾站在香蕉林中，眼睁睁地看着你的学校被美国的凝固汽油弹夷为平地。那年你五岁，自此再未踏入课堂。如此说来，我们的母语不像母亲，更像孤儿。我们的越南语是一个时间胶囊，记录了你的教育在何时结束，化为灰烬。妈，说我们的母语时，只有一部分是在说越南语，整体上是在讲战争语。

那天晚上，我向自己保证，以后绝不会在你需要我为你说话的时候哑口无言。就这样，我成了全家的官方翻译。自那之后，我竭尽所能地填补着我们的空白，我们的沉默、结巴时刻。我转换着语码。我脱下我们的母语，戴上我的英语，像一副面具，好让他人能看到我的脸，进而再看到你的。

有一年你在钟表厂上班，我给你老板打电话，用我最礼貌的发音告诉他，我母亲希望减少工作时间。为什么？因为她累坏了，因为她下班回家后，会在浴缸里睡过去，因为我担心她会淹死。一周以后，你的工时缩短了。还有好多次，太多次，我拿着"维多利亚的秘密"商品目录打电话，给你订购胸罩、内裤、紧身裤。客服小姐听到电话那头传来的稚嫩童声，先是一头雾水，然后又为一个小男孩给妈妈买内衣而欢呼。她们对着电话"哎哟"半天，常常还会顺手免掉配送费。她们会问我上几年级了，爱看什么动画片，然后跟我讲她们自己的儿子，跟我说你——我的母亲——一定很幸福。

我不知道你幸不幸福，妈。我从来没问过。

回到公寓，我们没有牛尾，但买到了三个心情戒指，每个人的手指上都有一个在闪闪发光。你在地上铺好毯子，趴下，兰骑在你背上，给你按摩肩膀上酸痛的结节和僵直的韧带。电视泛着绿光，照得我们好像在水下。兰又在絮絮叨叨地独白她的某段经历，每句话都和前一句搅在一起，只有在问你哪里疼的时候，她才会打断自己。

巴特曾提出，两种语言会互相抵消，召唤出第三种。有时我们的语言稀疏寥落，或者干脆如鬼魂一般消失不见。这时，双手就成了第三种语言，虽被皮肤和软骨的边界所限，但能替打结的舌头解围。

在越南语中，我们确实很少会说我爱你，非要说的时候，也往往都是用英语。对我们来说，行动才是表达关爱的最佳方式：拔白头发，或者靠在儿子身上，缓冲飞机带来的颠簸，以及他的恐惧。或者像现在这样——兰冲我说："小狗，你过来，帮我给你妈妈按摩。"我们俩跪在你的两侧，揉按你上臂僵直的韧带，然后是你的手腕、你的手指。有那么一刻，一个几乎短到无关紧要的瞬间，这一切好像有了意义——地板上的三个人，通过触摸而联结在一起，组成了某种类似于"家"这个字的东西。

你舒服地哼哼着，我们让你的肌肉放松开来，用我们自身的重量帮你松绑。你举起手指，头埋在毯子里说："我开心吗？"

我看到那个心情戒指后，才意识到你是在问我，叫我再次帮你解读美国的某个部分。可我还没答话，兰就把她的手伸到了我眼前。"也看看我的，小狗——我开心吗？"很可能的一点是，我现在给你写这些的时候，也是在给每个人写——毕竟，如果没有安全空间，如果一个男孩的名字既可以当他的盾牌，又可以让他瞬间变成一只野兽时，私人空间从何谈起？

"是的，你们俩都开心，"我回答，虽然我什么也不知道，"你们俩都开心，妈。开心。"我又说了一遍。因为枪声、谎言、牛尾——或者随便你怎么称呼的神灵——应当一遍又一遍地说是的，循环往复地说，螺旋式地说，理由无他，就是为了听到它自己的存在。因为爱，在最好的情况下，会重复自身。不是吗？

"我开心！"兰振臂高呼道，"我在我的船上很开心。我的船，看见没？"她指了指你的胳膊，像两支船桨一样，我和她各在一边。我低下头，看见褐中泛黄的地板翻滚成浑浊的泥流。我看见微微涌动的潮水中混杂着油渍和枯草。我们没有划桨，而是在随波逐流。我们紧紧抓着一个木筏大小的母亲，直到她在我们身下变得硬挺，睡了过去。木筏载着我们，顺这条名叫美国的褐色大河而下，我们也很快变安静，终于开心起来。

如果你看对了地方，这便是一个美丽的国家。如果你看对了地方，你或许会看到一个女人正站在土路牙子上，怀抱一个裹在天蓝色襁褓里的女婴。她托着女婴的头，轻轻晃着她的屁股。*你出生了*，那女人想，*因为没有别人会来。因为没有别人会来*，她开始哼唱。

那个女人不到三十岁，紧紧抱着女儿站在这个美丽国度的土路牙子上，两名士兵挎着M-16型自动步枪走上前来。她来到了检查站，这是一座由蛇腹形铁丝网和被武器化的许可证组成的大门。在她背后，田野已经开始燃起。一条烟带飘向万里无云的晴空。一名士兵的头发是黑的，另一名士兵的胡子是黄的，好像一道阳光变的疤。他们朝她走去时，身上的迷彩服散发出浓重的汽油味，身侧的步枪一晃一晃，枪上的金属枪栓在午后阳光下一眨一眨。

一个女人，一个女婴，一杆枪。这是个古老的故事，谁都会讲，要不是已经在这儿，已经被写了下来，是你可以远离的一个电影桥段。

雨开始下了；那女人赤着脚，四周的泥土被雨点打出一个个红褐色的引号——她的身体是说出的话。她的白色衬衫被汗水湿透了，紧紧贴在她瘦削的肩上。周围的草全被压平了，仿佛是被神用手拍过，为第八日预留出这块地方。这个国度美不美丽，有人告诉她，取决于你是谁。

不是神，当然不是，而是一架直升机——"休伊"①，它带来的风异常猛烈，几米之外，一只绒灰色的莺在高草中不断挣扎，无法调整自己的飞行。

女婴的一只眼映着天上的直升机，脸看起来像摔过的桃子。雨点滴在她那块蓝色褓褓上，仿佛黑墨点，让它显眼起来，就像这样。

在这美丽国度深处的某地，在一座车库后部的一排日光灯下，如传说中所言那样，五个男人围坐在桌旁。他们穿着凉鞋的双脚之下，是一摊摊什么都反射不出去的机油。桌子一头堆着玻璃瓶，里面的伏特加在刺眼的灯光下闪烁不定。

① 这是 UH-1 直升机的绰号。

几个男人正在说话，不耐烦地晃着胳膊肘。每次有人朝门口看时，其他人都会突然安静下来。门应该马上就开了。灯闪了一下，又继续亮着。

伏特加倒进几个一口杯里，有些酒杯的边缘已锈迹斑斑，因为它们一直被存放在上一场战争用过的金属弹药箱里。这些沉重的酒杯在桌上咣当作响，火辣辣的感觉被口渴创造出的黑暗所吞没。

如果我说那个女人。如果我说那个女人正在用力，在这场人造风暴之下佝偻着背，你会看到她吗？从你所站的地方，距离这一页只有几厘米的地方，换言之，在许多年之后，你会看到蓝色褪褓的一角在她的锁骨前飘动，看到她左眼角的痣，看到她眯着眼看到两个人，待他们走近时才发现他们不是男人，而是男孩——十八岁，顶多二十岁吗？你会听到直升机把空气拍打得四分五裂，制造出的巨大轰隆声淹没了下面的叫喊吗？风里都是烟——还有别的东西，被汗水浸湿的灰烬，从田野边上的棚屋飘来，散发着古怪刺鼻的味道。就在刚才，那棚屋里还满是人声。

女婴的耳朵贴在女人胸口，仿佛是隔着门在偷听。有什么东西在女人体内狂奔，某种开端，或者更确切地说，是句法在重组。她闭着眼寻找，舌头站在某句话的悬崖上。

那个男孩举起M-16，手腕上青筋暴起，胳膊上的金色汗毛被汗水浸成棕色。屋内男人们边喝酒边说笑，豁裂的牙齿看起来好像一嘴骰子。那个男孩的嘴歪成一个角度，瞪着满是血丝的绿眼睛。这个一等兵。男人们已经做好了忘记的准备，其中几个的指尖依然留有妻子化妆品的余味。男孩的嘴快速地一开一合。他问了一个问题，或者许多个，他把话语周围的空气变成了天气。有什么语言可以描述失去语言吗？那男孩牙齿一露，手指扣在扳机上说："站住。站住，退后。"

男孩胸口的橄榄色签条上绣着一个词。虽然女人看不懂，但知道那是名字，母亲或父亲给起的，一个没有重量但会永远随身携带的东西，就像心跳。她认出名字的首字母是C，就像鹅贡（Go Cong）里的C。两天前，她刚刚去那里赶过露天集子。霓虹灯做成的大招牌在入口处嗡嗡作响。她要给女婴买件新的褓褓。布的价格高过了她的预算，买了布就没钱买吃的了，但在一堆灰色、褐色的布匹中间看到那块如白天一般明艳的布时，尽管暮色渐浓，她还是抬眼望了望天，付了钱。天蓝色。

门开了，男人们放下酒杯，有几个迅速喝干剩下的酒之后才放下。一只跟狗一样大的猕猴套在项圈里，被一个头发花白但认真梳过的驼背男人牵了进来。没人说话。十只眼睛全盯着那猴子，看它跌跌撞撞走进屋来。在笼子里被强制灌了一早上的伏特加以后，它的暗红色毛发中散发出酒精和粪便的臭气。

日光灯在他们头顶发出轻微的嗡嗡声，仿佛眼前这场景是灯做的一个梦。

女人站在土路牙子上，说着被炮火淘汰的语言，恳求进入村子，她的房子在里面，已经在了几十年。这是个关于人的故事。谁都会讲。你会吗？你会说，雨越下越大，一道道雨线已将蓝色的襁褓打成了黑色吗？

士兵的声音很有气势，将女人推了回去。她来回摇晃，一只胳膊在胡乱挥动，然后稳住身子，用力抱紧了女婴。

一个母亲和一个女儿。一个你和一个我。一个古老的故事。

驼背男人把猴子牵到桌子底下，引导猴头从桌子中央一个锯好的洞里钻出来。又开了一瓶酒。瓶盖吧嗒一拧，男人们伸手去拿酒杯。

猴子被拴在桌下的一根横梁上，不断挣扎。它的嘴被皮带捆着，发出沉闷的尖叫，听起来好像钓鱼抛竿时绕线轮发出的响声。

女人看到男孩胸口的名字，才想起自己也有名字。他们唯一的共同点，就是都有名字。

"Lan，"她说，"Tên tôi là Lan。"（"兰，我叫兰。"）

兰指兰花，她给自己起的。她出生后并没有名字，母亲叫她七，因为她在家中排行老七。

直到十七岁那年逃离了包办婚姻，逃离了年龄三倍于她的丈夫后，兰才给自己起了名字。一天夜里，她给丈夫煮了壶茶，又在里面加了一把藕粉，好让他睡得更沉，然后等到棕榈叶墙随着他的鼾声开始颤抖后，趁着漆黑的夜色，摸着一根又一根低垂的树枝，逃了出来。

几个小时后，她敲响了娘家的门。"七，"她母亲隔着门缝说，"离开丈夫的女人就是烂在地里的庄稼。你知道的呀。你怎么会不知道？"然后伸出像树枝一样扭曲的手，把一对珍珠耳环塞到兰的手心里，便关上了门。门一关、锁一扣，母亲苍白的脸被抹了去。

蟋蟀高叫，兰踉跄着走向最近的那盏路灯，然后顺着一根又一根昏暗的电线杆往前走，一直走到黎明，被雾气笼罩的城市才出现在眼前。

一个卖糯米糕的男人看到她，见她穿着脏兮兮的睡衣，领口还破了，就铲了一块热腾腾的糯米糕，放在香蕉叶上递给她。她蹲在土里，双眼盯着黑乎乎的双脚中间那片地方，吃了起来。

"你从哪儿来的？"男人问，"你一个小姑娘，怎么在这个时间乱跑？叫什么名字呀？"

她的嘴里涌上那个饱满的声音，语调在咀嚼的糯米中形成，然后元音升起，拖长了"啊"，念出了"兰——安"。不知为何，她决定以兰花为名。"兰，"她说道，糯米像阳光的碎屑一样从嘴里掉出来，"我叫兰。"

在那士兵少年、女人、女婴周围，是土地葱茏茂密的坚持。但是，是哪片土地？又是哪条边界被跨过，被抹去，被分隔重整？

现在，二十八岁的她生了一个女婴，并用一片向晴天偷来的天空把她包裹起来。

夜里等女婴睡着后，兰有时会望向黑暗，想象另一个世界。在那个世界里，一个女人正抱着女儿站在路边，拇指盖大小的月亮挂在清澈的夜空中，没有士兵，没有休伊，女人只是在暖人的春夜里散步，温柔地跟女儿说着话，给她讲故事，讲一个女孩逃离了自己看不清模样的青春，结果用一朵盛开时有如被撕裂的花给自己取了名。

猕猴数量众多、身形矮小，因而成了东南亚遭捕猎最严重的灵长目动物。

白发男人咧嘴笑着，举杯敬酒。其他五人也举杯，光落在了每一杯酒上，因为规矩要求如此。举酒杯的胳膊很快就会拿着解剖刀，打开那猕猴的头骨。

他们拿起纸巾擦嘴，上面印着的向日葵很快成了棕色，然后变得稀烂——湿透了。

吃完后，到了晚上，男人们会酒足饭饱、容光焕发地回到家，扑到妻子或情人身上。脂粉中的花香——脸贴着脸。

现在，滴滴答答的声音传来。一股暖流顺着她那条黑裤子的褶边流下。刺鼻的氨味。兰在那两个男孩面前尿了裤子——她把孩子抱得更紧。双脚周围一圈湿热。在所有哺乳动物里，猕猴的脑子和人脑最相近。

雨滴顺着金发士兵沾满泥土的脸颊流下、变黑，沿下巴聚成了一滴滴如省略号一般的椭圆形的水珠。

"美国第一，"[①]她说，尿还在顺着脚踝往下滴，然后又大声说了一遍，"美国第一。"

"别砰砰，"[②]她举起另一只手指着天，仿佛想让人把她拉

---

① 原文为 Yoo Et Aye numbuh won，即发音不标准的 USA Number One。
② 原文为 No bang bang，代指别开枪。

上去，"别砰砰，美国第一。"

男孩的左眼抽了一下。一片碧绿的树叶落在碧绿的池塘上。

他盯着女婴，她的皮肤很粉嫩。女婴的名字叫红（Hong），意思是玫瑰（Rose）。又是以花命名，因为……为什么不呢？红——一个嘴巴必须立马吞下的音节。兰和玫瑰，并肩站在这条如呼吸一般苍白的路上。母亲抱着女儿。玫瑰从兰花的茎里长出。

他注意到红的头发，两鬓边缘露出了错误的浅黄褐色。见士兵盯着女儿，兰便把她的脸往胸口一转，想藏住。男孩看着这个女婴，看到她黄皮肤中泛出的白色。他或许就是她父亲，他想到，意识到。他认识的某个人或许是她父亲——他的中士、班长、排里的伙伴，迈克尔、乔治、托马斯、雷蒙德、杰克逊。他想着这几个人，紧紧抓着步枪，望着这杆美国枪前面流着美国血的女婴。

"别砰砰……美国……"兰现在小声嗫嚅道，"美国……"

猕猴能够怀疑自己、反省自己，而这些特质曾一度被认为只有人类才拥有。一些物种所表现出的行为，表明了它们会使用判断力、创造力，甚至语言。它们还能回忆起过去的场景，然后用来解决当下的问题。换言之，猕猴会利用记忆来帮助自己活命。

男人们会一直把那猕猴吃空，猴子渐渐迟钝，四肢变得沉重无力。当什么都不剩之后，当所有记忆都消失在男人们的血流之中之后，猴子就死了。另一瓶酒会被打开。

谁会在我们给自己讲述的故事之中迷失？谁会在我们之中迷失？说到底，故事也是一种吞咽。说话时张开嘴，就是只留下骨头，不会被讲述的骨头。这是个美丽的国度，是因为你还在呼吸。

美国第一。举起手来。别开枪。美国第一。举起手来。别砰砰。

雨继续下，因为滋养也是一种力量。第一名士兵退后几步。第二名挪开木头拦路杆，挥手叫女人往前走。她身后那些房子现在已经变成火堆。休伊飞上天后，稻秆们重新站直，只些微凌乱。襁褓被汗水和雨水浸成了靛蓝色。

车库的一面内墙上，油漆已经剥落，露出后面斑驳的砖块，墙上挂着一个充作临时祭坛的架子，上面摆着许多照片，圣人、独裁者、殉难者、死者——母亲和父亲——目不转睛地看向前方。玻璃相框里映出儿子们躺在椅子上的身影。其中一人把瓶中剩下的酒倒在黏糊糊的桌上，把桌擦拭干净。一块白布盖在猴头上。车库的灯闪了一下，又继续亮着。

女人站在自己的尿圈里。不，她是站在自己句子的等身句号之上，活着。男孩转身走回检查站的岗位。另一个敲敲头盔，朝她点点头。她注意到，他的手指还扣在扳机上。这是个美丽的国度，是因为你还在这儿。因为你叫红，你是我的母亲，那年是一九六八年——猴年。

女人往前走，经过那名哨兵时，朝步枪望了最后一眼。她注意到，枪口并不比女儿的嘴黑。灯闪了一下，又继续亮着。

我醒过来，听到什么动物在哀嚎。屋里特别黑，黑到我都分不清眼睛有没有睁开。窗户开着一条缝，八月的晚风吹进来，清新但微微混着一股草坪化学剂的味道——精心修剪过的城郊院落之气——我这才意识到，我不在自己家。

我坐在床边听着，心想或许是猫跟浣熊打架受了伤吧。我在漆黑中找到平衡，朝走廊走去。一道红光像刀一样，从那头虚掩的门后照出来。有动物进屋了。我手扶着墙走，但因为空气湿度大，感觉像在摸潮湿的皮肤。我径直朝门走去，在呜咽声的间隙，听到了动物的呼吸声——现在重了许多，某种肺活量很大的动物，要比猫大得多。我透过红色的门缝看进去，看到了他：一个男人正弓背坐在阅读椅上，他白色的皮肤，甚至还有白色的毛发，都被一盏罩着猩红色灯罩的台灯染成了粉色。我终于想起来了，我现在是在弗吉尼亚过暑假。我现在九岁，那个男人叫保罗，是我外公——而且他在哭。一张变了形的拍立得在他指间颤抖着。

我推开门，红色的刀变宽了。他抬头看着我，一脸迷茫，这个白皮肤的男人眼泪汪汪。这里除了我们，没有别的动物。

一九六七年，随美国海军驻扎在金兰湾时，保罗认识了兰。他们在西贡的一家酒吧相识、约会、坠入爱河，一年后在市中央法院结婚。我小时候，他们的结婚照一直挂在客厅墙上。照片中的新郎是来自弗吉尼亚的农家男孩，尚不满二十三岁，身形清瘦、稚气未脱，棕色的眼睛天真无邪，正笑容满面地站在大他五岁的新娘身旁；她也是农家女，来自鹅贡，经历过一段包办婚姻，带着一个十二岁的女儿，名字叫梅。我玩洋娃娃、玩具兵的时候，那张照片就悬在我头顶，仿佛是一个来自震中的标志，最终会通往我的人生。看着新人脸上充满希望的笑容，兰的手抚在保罗的胸膛上，珍珠戒指光芒四射，你很难相信那张照片是在战争中最残酷的年月拍摄的。你当时已经一岁，闪光灯亮起时，你就坐在摄影师身后几英尺[①]远的婴儿车里。

有一天我给兰拔白头发时，兰说，她从不幸的第一段婚

① 1英尺 =30.48厘米。——编者注

姻中逃出来，到了西贡，刚开始找不到工作，只能向在那儿休假的美国大兵出卖肉体赚钱。她昂着头，翘着下巴，对着屋子那头某个看不见的人说："我只是做了一件任何母亲都会做的事：想办法吃饭。谁有资格对我指手画脚？嗯？谁有？"尖刻的语气中带着一丝骄傲，仿佛是在陪审团面前为自己辩护。接着听下去，我才意识到，她的确是在对某人说话：她母亲。"我也不想啊，妈，我想和你回家的——"她往前一扑，镊子从我手中滑落，插在硬木地板上。"我也不想当妓女啊，"她带着哭腔道，"离开丈夫的女人就是烂在地里的庄稼。离开丈夫的女人……"她面朝天花板，闭着眼左右晃身子，重复母亲对她讲过的那句俗语，仿佛回到了十七岁。

起初我以为她又在讲那些半真半假的故事，但随着她结结巴巴的讲述开始聚焦在一些古怪又独特的瞬间时，细节也变得越发清晰。比如，士兵们身上混着焦油、烟雾、芝兰口香糖的味道——战斗的气味已经渗进他们的肉里，洗多少澡都洗不掉。比如，她把梅交给还住在村里的妹妹照顾，然后向一位渔夫租了间临河的无窗房"接待"美国大兵。比如，那渔夫就住楼下，经常隔着墙缝偷窥。比如，士兵边往床上爬，边踢靴子，可他们的靴子很沉，掉下去时仿如有人重重倒地，每一声都会让她正被乱摸的身体哆嗦一下。

兰越讲越身体紧绷，口气在进入脑海中的第二世界后也越显焦虑。讲完，她转过身，手指搁在嘴唇上："嘘。别告诉你妈。"然后她勾了一下我的鼻子，两眼放光地狂笑起来。

不过，生性腼腆、说话时爱把双手放在双膝上的保罗，并不是她的客人，所以他们才情投意合。听兰说，他们确实是在一间酒吧相识。当时已经很晚，快到午夜了，兰刚刚结束当天的工作，准备在睡前小酌一杯，结果进去就看到——用她的话讲——一个"迷茫的男孩"正孤零零坐在吧台前。原来那晚附近的豪华酒店有个为士兵举办的联谊会，但保罗一直没等来他的约会对象。

两个人边喝边聊，在乡村童年的话题上找到了共同点。这两个似是非是的乡巴佬，都在各自国家的"穷乡僻壤"长大，想必一定是找到了某种熟悉的"方言"，才消弭了语言上的隔阂。他们途虽殊，但终同归，碰巧都来到了那座颓废又迷茫的城市，那座被轰炸围攻的城市，并在彼此身上找到了慰藉。

相识两个月后的某天夜里，北越对西贡发动进攻。兰和保罗躲在他们的单间公寓里，兰像胎儿那样蜷缩着在墙上靠了一整晚，身旁的保罗拿着标配的9毫米口径手枪对准门口瞄了一整晚，警报声和炮火声则在城市上空响了一整晚。

尽管当时是凌晨三点，但那盏灯却把房间照得仿佛是什么邪恶日落的最后时刻。在灯泡的电流中，我和保罗隔着门框看到了对方。他抬起一只手擦擦眼，用另一只手招呼我过去，然后把照片塞进胸口的兜里，又戴上眼镜，用力地眨了眨眼。我走到那把樱桃木扶手椅前，在他身旁坐下。

"没事吧，外公？"我问，依然睡眼惺忪。他微微一笑，看着有些勉强。我说我还是回去睡觉吧，毕竟时间还很早，但他摇摇头。

"没事，"他抽了下鼻子，从椅子上坐直，严肃地问我，"就是——那个，我就一直在想你先前唱的那首歌，那个……"他眯眼看向地板。

"歌筹，"我说，"民歌——外婆以前老唱。"

"就是这个，"他用力点点头，"歌筹。我躺在黑暗里，好像一直能听见，真的。我都好久没听过那声音了。"他试探地瞅了我一眼，又继续盯着地，说道："我肯定是疯了。"

那晚早些时候，吃过饭，我给保罗唱了几首民歌。他问我这学期都学了些什么，但我当时已经沉浸在暑假的气氛里，脑子一片空白，就提出给他唱几首我从兰那儿听来的歌。我拿出最好的本事，给他唱了兰爱唱的一首经典摇篮曲，原唱是著名歌手庆璃。歌曲描写了一个女人在长满树木的山坡上边唱歌，边在坡上横陈的尸体中寻找。歌者的目光在那些死人的脸上来回搜寻，副歌部分不断地追问："哪个是你？我的妹妹，哪个是你？"

妈，你还记得吗？兰有时会莫名其妙地唱起这首歌。那次我朋友朱尼尔过生日，她就突然唱了起来，虽然只喝了一瓶喜力啤酒，但脸红得和新绞的碎牛肉一样。你晃晃她的肩膀，叫她停下，可她不但没停，还闭上了眼，身子也开始左右晃。好在朱尼尔一家听不懂越南语，以为只是我这疯外婆又在自言自语。但你和我听见了。最终，你放下了手里的那块菠萝蛋糕，一口没动。一具具尸体从兰的嘴里飘了出来，在叮叮当当的碰杯声中，堆到了我们周围。

我对着几个还留有烤通心粉残渣的空盘子，给保罗唱了这首歌。听完后，他鼓鼓掌，和我一起洗了盘子。我竟然忘了保罗在战争期间学过越南语，能听懂。

"对不起。"这会儿，我看着聚在他眼睛底下的红光说，"那歌本来也挺傻。"

屋外，风呼啸着穿过枫树林，被雨洗刷过的树叶拍打着护墙板。"我们去泡点儿咖啡啥的吧，外公。"

"好啊，"他若有所思地顿了顿，才站起身，"我先把拖鞋穿上。早上老觉得冷，我肯定是哪儿有毛病了。人岁数一大，这身体的热量就往中间退，退到不知哪天，这脚就冷得跟冰一样了。"他差点儿笑出声，但忍了回去，只是摸摸下巴，又举起胳膊，好像要拍打面前的什么东西——然后啪嗒一声，台灯灭了，整个屋子瞬间沉浸在一片紫色的静谧中。阴影里传来他的声音："真高兴有你在，小狗。"

"为什么说他是黑人？"几周前在哈特福德，你指指电视上的老虎伍兹，眯眼看球座上的那个白球问，"他妈妈是泰国人吧。我见过她的长相，但这些人总说他是黑人，至少应该说是半个黄种人啊？"你折好那袋多力多滋的口儿，夹在胳膊下。"为什么啊？"你歪着头，等我回答。

我说我不知道。你耸了耸眉毛。"什么意思啊？"你抓起遥控器，把声音开大，"仔细听听，跟我们说说这个人为什么不是泰国人。"你用手捋着头发，眼睛跟着屏幕上的伍兹走来走去，看他不时弯下腰估算杆数。当时，解说员并没有提到他的种族，所以你等的答案也没有来。你把一缕头发揪到脸前，研究了一会儿，说："我得再买些卷发夹。"

兰正坐在我们旁边的地板上削苹果，头也没抬便答："我觉得他不像泰国人，倒像波多黎各的。"

你看看我，身子往后一靠，叹了口气。过了会儿，你说："好东西总是在别的地方。"然后换了台。

一九九〇年我们到美国时，肤色是我们最先知道但又完全不解的事之一。那年冬天，我们住进了富兰克林大道上的一居室公寓，附近居民以拉丁裔为主，所以我们一踏入，肤色的规则，连带着我们的脸，就都变了。兰在越南时被认为皮肤黑，但现在成了浅色。而妈妈你，皮肤白皙到甚至会被认为是白人，比如那次我们去西尔斯百货，一个金发店员弯腰摸摸我的头发，问你我是你"亲生的还是抱养的"。你结结巴巴地乱讲了几句英语后，低着头不再说话，她才明白自己搞错了。就算你看起来像白人，语言还是让你露了馅儿。

看起来，不会说英语，没有谁能在美国"蒙混过关"。

"不是，阿姨，"我用自己在非母语英语课程里学到的东西，对那女人说，"这是我妈。我从她屁股里出来，我很爱她。我今年七岁，明年八岁。我很好，感觉不错，你呢？圣诞快乐，新年快乐。"在我当时会的英语里，这一大段话正好占五分之四，叽里咕噜说出来后，我高兴得直打战。

和很多越南母亲一样，你认为谈论生殖器属大忌，尤其在母子之间。所以谈到我出生的事，你总会说我是从你屁股里生出来的，还调皮地拍下我的头说："这个大脑袋差点儿撑破我的屁股。"

那店员吓一跳，烫过的卷发颤巍巍地抖起来，然后转身踩着高跟鞋嗒嗒嗒地走开了。你低头看我。"你到底说了些啥？"

一九六六年，在两段越南服役期的间隙，美国陆军中校厄尔·丹尼森·伍兹被派驻到泰国。他在那儿结识了库提达·潘萨瓦德，一个在曼谷的美国陆军办事处当秘书的泰国人。交往一年后，厄尔和库提达搬到纽约的布鲁克林，并在一九六九年结了婚。一九七〇年到一九七一年，厄尔最后一次去越南服役。那之后，美国对越战的直接参与开始减少。到西贡易手时，厄尔已正式退伍一段时间，开始了新的生活；到美军最后一架直升机飞离美驻南越大使馆半年多之后，他又有了人生中最重要的一项任务：抚养刚出生的儿子。

那孩子名叫艾德瑞克·同特·伍兹（Eldrick Tont Woods），根据我老早前在ESPN（娱乐与体育节目电视网）上看过的介绍，他的名字很特别，Eldrick的首尾字母分别对应父母名字的首字母。他父母是跨种族婚姻，因而在布鲁克林的家时常会遭到恣意破坏，于是两个人决定站在儿子名字的两端，做两根立柱。艾德瑞克的中间名是他母亲起的，一个传统的泰国名字。不过，他出生后不久还得到了一个小名，就是那个很快将会传遍全世界的昵称。

所以和你一样，老虎伍兹——世界上最伟大的高尔夫球手之一——也是战争的直接产物。

保罗答应教我做松子青酱，我们就去他的菜园子里摘新鲜的罗勒叶。但我们都刻意没有聊过去，毕竟凌晨那会儿已经聊过一次，而是聊起了散养鸡蛋。他摘了会儿，停下来把帽子拉到眉毛那儿，开始严肃地讲抗生素会如何在养鸡场导致传染病，讲蜜蜂正在死亡，没了它们，不到三个月，美国的粮食供应就会崩溃，讲加热橄榄油时要用小火，否则会释放出自由基，那可是致癌的东西。

我们侧着走，为的是继续向前。

隔壁院子里，邻居发动了吹叶机。叶子飞颤，伴随一连串细微的咔嚓声落到了街上。保罗弯腰去拔一束豚草时，有张照片从衣兜里掉出来，面朝上落在草里。那是一张黑白拍立得，比火柴盒大一点儿，上面的人笑靥如花。保罗的手很快——照片一落下去，他就捡起来，又塞回兜里——可我还是分辨出那两张我再熟悉不过的面孔：保罗和兰拥抱着对方，眼神中洋溢的热情是那样少见，以至于看起来有些假。

回到厨房，保罗用水给我泡了碗葡萄干小麦片——我喜欢的吃法——然后坐在桌旁，摘下帽子，从瓷杯里像长条糖包一般摆着的烟卷中抽出一根。三年前，保罗被查出癌症。他认为，得病原因是他在服役期间接触过含剧毒的橙剂。肿瘤位于脖颈处，就在脊髓正上方。好在医生发现及时，癌细胞尚未侵入大脑。做了一年化疗，但效果不好，最终决定开刀。从诊断到缓解期，整个过程花了近两年时间。

现在，保罗躺在椅子上，用手掌护住一朵小火苗，把它吸进了烟卷里。我在旁看着，他吸一口，烟头热烈燃烧起来。他抽烟时，像极了有些人参加完葬礼后抽烟的样子。他背后的厨房墙上贴着几张彩铅画的美国内战将军像。那是我的绘画作业，几个月前，你把它们寄给了保罗。烟雾飞过"石墙"将军杰克逊的三原色画像后渐渐散去。

送我到保罗这儿之前，在哈特福德的家中，你叫我坐在你床上，长吸了一口烟，然后直接说了出来。

"听见没？看着我，我是在认真跟你讲。"你把双手搭在我的肩上，烟雾在我们周围越聚越浓，"他不是你外公，懂？"

你的话仿佛通过血管进入了我。

"也就是说，他也不是我父亲。明白了吗？看着我。"九岁的人很清楚什么时候该闭嘴，所以我没吭声，以为你只是心情不好，以为所有做女儿的，总会在人生中某个时刻这么说她们的父亲。但你还在说，声音平静又冷漠，仿佛是在往一堵长长的墙上一块一块砌石头。你说兰那天晚上在西贡的酒吧遇到保罗时，已经有了四个月身孕。你父亲，亲生的那个，不过是又一个美国嫖客——一张没有名字的模糊面孔，什么都没留下。除了你。他留下了你，还有我。"你外公谁都不是。"你坐回去,烟也回到嘴上。

那之前,我一直以为即使没别的,我至少也还和这个国家有一缕关系,就是我外公,一个有头脸、有身份,能读书写字、会打电话祝我生日快乐的人。我是他的血脉,他的美国名字在我的血液中流淌。现在这个纽带被剪断了。你蓬头垢面地起身,走到水槽前弹烟灰。"好东西总是在别的地方,宝贝。妈妈告诉你,所有东西都是这样。"

现在,保罗趴在桌上,照片稳稳塞在衬衫兜里,开始跟我讲那些我已经知道的事。"喀,我不是我,我是说……"他把烟卷在面前的半杯水里轻轻一蘸,烟头哗哗几下便灭了。我的葡萄干小麦片还一口没吃,在红陶碗里噼噼啪啪地响着。"我不是你妈妈说的那样。"他讲的时候目光低垂,总在奇奇怪怪的地方停顿,有时声音小到几近耳语,仿佛一个人在天亮时边清理步枪边自言自语。我让他把心里话都吐了出来,掏空了自己。而我没有打断,是因为一个人在九岁的时候,无法阻止任何事。

最后一次在越南服役时的某个晚上,厄尔·伍兹发现自己被对方炮火所困。他所在的美军炮兵基地即将被一支北越人民军组成的分遣队攻下。大部分美军士兵已经撤离。不过,伍兹不是孤军奋战——他躲在一辆吉普车里，陆军中校王登峰躲在旁边另一辆吉普车里。据伍兹描述，峰是位骁勇的飞行员和指挥官，有一双火眼金睛，同时是他的挚友。眼见对方军队即将把废弃的基地包围，峰转头看着伍兹，示意他放心，他们一定能活着出去。

接下来的四个小时里，这两个朋友坐在各自的吉普车里，橄榄绿的军装被汗水浸成了暗绿色，伍兹握着M-79榴弹发射器，峰则抓着吉普上的机枪塔。就这样，他们挺过了那一晚。回到营地后，二人在峰的宿舍里举杯共饮、谈笑风生，聊棒球，聊爵士乐，聊哲学。

在越南的日子里，峰是伍兹的知己。或许对于两个过命之交，如此牢固的关系不可避免。也或许是同样的"他者"之感，拉近了他们的距离——伍兹半是黑人，半是北美土著，在种族隔离的美国南方长大；峰则是一半同胞的死敌，而且所在部队本质上全是美国人挂帅。无论原因为何，反正在伍兹离开越南前两人曾发誓，等直升机、轰炸机飞走，凝固汽油烧光之后，他们一定会重逢。殊不知，那就是他们最后一次见面。

西贡失守三十九天后，身为高级军官的峰被北越当局抓获。

一年后，峰死去，时年四十七岁。

但对厄尔·伍兹而言，他这个朋友就是"老虎峰"，或者更简单点儿——"老虎"，这是伍兹给他的绰号，因为他在战场上勇猛如虎。

一九七五年十二月三十日，也就是老虎峰死的前一年，在同他的牢房隔着一个世界的加利福尼亚赛普里斯，厄尔轻轻抱起了他刚出生的儿子。这个男婴已经有了艾德瑞克这个名字，但看着孩子的双眼，厄尔觉得，还得用好兄弟老虎的名字再给他起个名。"将来，我的老朋友会在电视上看到他……说'那肯定是伍兹的儿子'，然后我们就能重逢了。"厄尔后来在一次采访中如此说道。

老虎峰的死因是心力衰竭，诱因则很可能是营养不良、过度劳累。不过在一九七五年与一九七六年中间的八个月里，厄尔·伍兹人生中最重要的两只老虎，曾短暂地同时活在这世间，一个经历过残酷的历史，正走向脆弱的终点；一个刚刚来到世界，正开启自己独一无二的人生。"老虎"这个名字，连同厄尔自己，变成了一座桥。

到厄尔最终得知老虎峰的死讯时，老虎伍兹已经赢得了人生第一个大师锦标赛冠军。"哎呀，太痛心了，"厄尔说，"以前那种感觉，上战场的感觉，又开始在肚子里翻动了。"

我还清楚记得你第一次去教堂做礼拜那天。朱尼尔他爸是浅肤色的多米尼加人，他妈是黑皮肤的古巴人，他们做礼拜的地方是前途大道上的浸礼会教堂，那里没人会问他们为何发r音时舌头会颤抖，或者他们实际上从哪儿来。我跟拉米雷兹一家去过那儿几次，周六睡在他们家，第二天早上醒来，借朱尼尔的盛装去参加礼拜。那天在迪昂的邀请下，你决定去一次，是出于礼貌，但也是因为教会会分发本地超市捐献的各种快过期食品和杂货。

教堂里的黄皮肤面孔只有你和我。但迪昂和米盖尔向朋友介绍我们时，迎接我们的都是一张张温暖的笑脸，以及一句句"欢迎来到我父的家"。我还记得自己当时特别好奇这么多人竟然都是亲戚，都有同一个父亲。

我喜欢上了牧师抑扬顿挫的语调，喜欢上了他讲诺亚方舟的启示时会迟疑，抛出设问后会沉默良久，以便引人思考，加强故事效果。我喜欢上他双手比画或者说流动的样子，仿佛他的布道词得从身上甩下来，才能够到我们。对我而言，这是一种全新的具体象征，堪比魔法——那之前，我只在兰自己的故事中瞥见过一点点。

但那天，是圣歌给我提供了一个看世界的新角度，或者说看你的新角度。随着钢琴和管风琴轰鸣着奏出《他看顾麻雀》第一段厚重的和弦，所有礼拜的会众都站起身，曳着步子，高举双臂，有些还转起圈子来。上百双靴子、高跟鞋反复捶击着木地板。在这飞速旋转的模糊身影、舞动的大衣和围巾中间，我突然感到手腕被掐了一下。你的指甲戳在我的皮肤里，泛着白。你面朝天花板，双眼紧闭，好像在对头顶那些壁画里的天使说些什么。

起初我根本听不清，因为大家鼓掌和叫喊的声音太大了。管风琴和小号的厚重音符从管乐队那里轰响着穿过一排排靠背长椅，整座教堂成了一个色彩和律动的万花筒。我从你手中挣脱胳膊，凑过身去，才在轰鸣的乐曲声中听清你说什么——你在跟你父亲说话。你的生身父亲。你泪流满面，几乎是在大声喊。"爸，你在哪儿？"你用越南语问，双脚挪来动去。"你到底在哪儿？快来找我！带我离开这儿！快回来，带我走。"这可能是那座教堂里第一次有人说越南语。但没人用狐疑的眼光怒视你，没人对一个白中带黄的女人说母语感到难以置信。一排排长椅之间，其他人也在或激动、或快乐、或气愤、或恼怒地喊叫着。来到这座教堂里，在歌曲当中，你终于获得了释放自己而不算犯错的许可。

我盯着布道坛一侧悬挂的那座幼童大小的耶稣石膏像看了很久。他的皮肤似乎在跟着脚步声颤动，他的双眼正凝视着硬邦邦的脚趾，表情看起来既疲惫又困惑，仿佛是刚从沉睡中醒来，结果发现自己被永远地钉在这个世界里，鲜血直流。我盯着他研究了老半天，以至于低头看你的白鞋时，差点儿以为会看到你脚下有一摊血。

几天后，我听到厨房里传来了《他看顾麻雀》的声音。你正坐在桌旁，对着一堆橡胶手模型练习你的美甲技术。迪昂送了你一盘福音音乐磁带，你正一边跟着哼，一边工作。那些没有连着身体的手在厨房台子上一溜儿排开，指甲上涂着如糖果一样缤纷的色彩，而且五指大张，像极了教堂里那些高高举起的手。但和拉米雷兹家的教会会众不同的是，他们的手比较黑，而你厨房里的这些手全是粉色和米色的——手模型的颜色只有这两种。

一九六四年：时任美国空军总参谋长柯蒂斯·李梅将军在宣布对北越进行大规模轰炸前，曾说他计划把越南"炸回石器时代"。由此而言，摧毁一个民族就是让他们退回到过去。美军最终在一个面积不比加利福尼亚大的国家投下了一万多吨炸药——比第二次世界大战中投下的全部炸药加起来还多。

一九九七年：老虎伍兹获得大师锦标赛的冠军，这是他首次在职业高尔夫主要赛事中胜出。

一九九八年：越南第一家职业高尔夫球场宣布启用，场地设在一片曾被美国空军轰炸过的稻田上，而其中一个球洞就位于填平的弹坑里。

保罗讲完了他自己那部分故事。我想告诉他。我想说，那个不是他亲女儿的女儿在鹅贡人看来是半个白人，所以小孩子都叫她"鬼妞儿"，骂兰是叛徒，是妓女，和敌人上床。我想说，她挎着装满香蕉和西葫芦的篮子从集市往家走时，他们会追着剪她的红棕色头发，等她到家时，额头上已经没剩几绺。我想说，没头发可剪以后，他们就往她脸上、肩上抹水牛粪，要让她的皮肤重新变成棕色，仿佛天生的浅肤色是一个可以被修正的错误。或许这就是为什么——我现在意识到——你会那么在意电视里的人怎么称呼老虎伍兹，因为对你而言，肤色必须是一个不容更改、不可侵犯的事实。

"或许你不应该再叫我外公了。"保罗的腮帮子凹回去。他看起来就像条鱼。"这个称呼现在叫起来是不是有些尴尬？"

我想了想。窗外天色渐暗，一阵微风吹进来，尤里西斯·格兰特的彩铅画像颤动着。

"不要。"过了一会儿我说，"我又没有别的外公。所以还是继续叫你吧。"

他无奈地点点头，苍白的额头和花白的头发染上了晚霞的颜色。"当然，当然。"他说着把烟蒂丢进了杯子里。一缕青烟在烟蒂刺啦一声灭掉的同时，如一条鬼影般的血管，缠住他的胳膊盘旋而上。我盯着面前的碗，里面棕色的小麦片已经变成湿乎乎的一坨。

我有好多事想对你讲，妈。我曾经愚蠢地以为知道了才能澄清，但有些事被一层又一层的句法和语义、日期和时间包得严严实实，名字被遗忘、被记起、被丢掉，仅仅知道伤口存在，并不能让它显露出来。

我也不知道自己在说什么。我想我大概是在说，我不知道我们是什么或者是谁。有些日子，我觉得自己是人，可有些日子，我觉得自己更像是声音。我触摸这个世界时并不是我自己，而是过去那个我的回响。你能听到我吗？你能读懂我吗？

我刚开始写作时，特别讨厌自己在意象、从句、思想，甚至是使用的笔或本上那样犹疑不定。我写的所有东西都是以*或许*和*也许*开头，以*我觉得*或*我认为*结尾。但我的疑虑无处不在，妈。就算我知道某件事真实到跟骨头一样，我也害怕这种知道会消失，即便被我写下来，也无法一直保持真实。我要把我们打散，好带往别处——具体是哪儿，我不太确定。

就像我不确定该怎么描述你——白人，亚洲人，孤儿，美国人，母亲？

有时候，我们只被给予两个选择。做前期研究时，我读到一八八四年厄尔巴索《每日时报》上的一篇文章，说一个白人铁路工人被控杀死一个姓名不详的中国人，但案子最后被驳回了。法官罗伊·比恩援引得克萨斯州的法律，认为法律虽然禁止杀人，但在界定人的概念时，只描述了白人、非洲裔和墨西哥裔人。那个姓名不详的黄皮肤尸体没有被当成人，因为它对不上某张纸上的某句法条。有时候，你连说出自己是谁的选择都没有，就已经被抹去了。

生存还是毁灭。这是个问题。

小时候在越南，你会被邻家孩子用勺子刮胳膊。"把她身上的白刮下来，把她身上的白刮下来！"所以后来你学会了游泳，游到浑浊的河中央，让谁都碰不到你，刮不到你。你把自己变成小岛，经常一变就是几个小时，回到家时冻得上下牙打架，胳膊也被刮得起了水疱，但依然是白白的。

当被问及如何看待自己的根时，老虎伍兹曾说他是"白黑印亚人①"。这是他自创的一个合并词，为的是把他的非裔、亚裔、荷兰裔、印第安裔等身份都容纳进来。

---

① 英文为 Cablinasian，由白人（Caucasian）、黑人（Black）、美洲印第安人（American Indian）、亚洲人（Asian）组合而成。

生存还是毁灭。这是个问题。是问题，但不是选择。

"我记得有一次去哈特福德看你们——应该是你们从越南到这儿一两年以后……"保罗托着下巴，盯着窗外，一只蜂鸟正围着塑料喂食器盘旋，"我一进公寓，就看到你在桌底下哭。其他人都不在家，或许你妈在，但应该是在洗澡还是在干什么。"他顿了顿，让记忆涌上来。"我弯下腰，问你怎么了，你知道你说了啥？"他笑了笑，"你说别的孩子活得比你多。太好玩儿了。"他摇摇头。"怎么会说出这种话啊！我这辈子都忘不了。"阳光照到了他那颗镶金冠的磨牙上。"你大叫着：'他们活得多，他们活得多！'这到底都是谁教你的？你那会儿才五岁呀，我的天。"

窗外，蜂鸟的翅膀呼呼作响，仿佛人的呼吸声。看着它把尖嘴插进喂食器底部的那一圈糖水里，我心想，这生活真惨，动得那么快，却是为了停在原处。

过了会儿，我们出去散步。保罗那只满身棕色斑点的小猎犬在我俩中间碰来撞去。太阳刚落山，空气中弥漫着香草的味道，白色和紫红色的丁香在沿路那些精心修剪过的草坪上争奇斗艳。我们往最后一个弯道拐的时候，碰上一个扎着金色马尾辫、长相普通的中年女人。她只看着保罗，说："你终于雇人给你遛狗了。多好啊,保罗!"

保罗停下脚步,往上推了推眼镜,但鼻托又滑了回去。她转身看向我,一字一顿地说:"欢,迎,你,搬,到,这,儿。"说每个字的时候头都点一下。

我拽着狗链,往后退了一步,冲她微微一笑。

"不是,"保罗尴尬地举起手,仿佛在扒拉蜘蛛网,"这是我外孙。"说完,他让这句话在我们中间悬停了一会儿,感觉它差不多凝固下来,成了正式的说法,才点着头又重复了一遍:"是我外孙。"但我不知道他是在对自己说,还是在对那个女人说。

那女人立马满脸堆笑。笑得有点儿太过灿烂。

"请记住。"

她笑着摆摆手,意思是别逗了,然后把手伸向我——现在能看见我了。

我让她握了握我的手。

"嗨,我叫卡罗尔,欢迎你搬到这儿。真心的。"说完,她继续往前走。

我们往家走,一路无话。在那排白房子后面,一列云杉静静地站在泛红的天空下。小猎犬的爪子刮着水泥地,狗链叮当作响,一路把我们拽回了家。但我的脑子里只能听到保罗的声音。我外孙。这是我外孙。

我被两个女人拖进了一个洞，一个比周围的黑夜还黑的洞。直到两人中有一个开始大喊大叫，我才想起来我是谁。我看到了她们的脑袋，看到了因为在地板上睡觉而蓬乱缠结的黑发。车内一片模糊，两人在推来挤去，空气中充满了某种化学物质引起的兴奋。我依然睡眼惺忪，只能分辨出一些形状：一个头枕，后视镜上吊着一只拇指大小的毛毡猴，一块金属闪着光，然后消失不见。汽车从车道上疾驰而去，我通过丙酮和指甲油的味道判断出，这是你那辆锈迹斑斑的棕黄色丰田。你和兰坐在前面，争抢着什么看不清的东西。路灯飞闪而过，仿佛在抽打着你们的脸。

　　"他会把她杀了的，妈。他这次一定会。"你气喘吁吁地说。

　　"我们飞了。我们坐直升机很快。"兰沉浸在自己的世界里，通红的脸上写满了执念。"我们飞哪儿去？"她双手紧紧抓着遮阳板上面的镜子。听声音，我能分辨出她在笑，或者至少是在咬着牙说话。

"他会杀了我姐姐的，妈妈。"你听起来好像落水之人在扑腾，"我了解卡尔。这次他真的会。你听见没？妈！"

兰抓着镜子左摇右晃，嘴里还发出嗖嗖的声音。"我们要离开这儿了，是吧？我们要跑远点儿，小狗！"车窗外的夜空如横过来的重力一样呼啸而过。仪表盘上的绿色数字显示时间是3:04。谁把我的手放在了我的脸上？每次拐弯时，轮胎都在尖叫。大街上空空荡荡，仿佛自成一个宇宙，其中的一切都在漆黑的太空中飞驰，而前面座位上那两个抚养我长大的女人彻底疯了。透过指缝，我看到黑夜就是黑色的美术纸，只有我眼前这两个疲累的脑袋清清楚楚、晃来晃去。

"别担心，梅。"你正在自言自语，脸几乎贴在风挡玻璃上，哈出来的白圈像说出的话一样很快散开，"我来了。我们来了。"

过了一段时间，我们转到一条两旁停满了林肯大陆汽车的街上。车慢下来，最终停在一幢有着灰色护墙板的联排别墅前。"梅，"你来了个急刹车，"他要杀了梅。"

这会儿，一路上都在摇头晃脑的兰停了下来，仿佛你的话终于触动了她体内的什么小开关。"啥？谁要杀谁？这回谁要死？"

"你们俩待在车上！"你解开安全带，跳下车，小碎步跑向那幢房子。身后的车门大敞着。

兰讲过一个有关赵姬的故事。看着你，我想起了她。传说她乳长三尺，施于背后，手握双剑，斩敌无数。

"这回谁要死？"兰转头看我，听到这个新情况后，在顶灯下看着毫无生气的脸皱起了涟漪。"谁要死，小狗？"她像打开一扇锁着的门那样，来回翻动手，以示空无一物，"有人要杀你？为啥？"

但我没在听——我在往下摇窗户，每摇一下手柄，胳膊疼得都像着火一样。十一月的凉风溜了进来。我看见你大步爬上门前的台阶，手中握着的二十多厘米长的大刀寒光闪闪，心里不由得一紧。你拍着门，用越南语大喊："出来，卡尔。出来，你个王八蛋！我要带她回家。车可以给你，把我姐姐交出来。"说出"姐姐"二字时，你有些哽咽，但很快就恢复了正常。你用大刀的木柄使劲砸门。

门廊的灯亮了，你粉色的睡衣瞬间被荧光照成绿色。门开了。

你退后一步。

一个男人出现了。你往后退，他从门廊往外冲。那把刀别在你身侧，仿佛固定在那儿。

"他有枪。"兰现在清醒了，小声喊道，"红！是猎枪。一枪能射穿两个苹果，可以把你的肺打出来。小狗，快告诉她。"

你双手举在头顶，私家车道上传来金属碰撞的声音。那个男人身材高大，穿一件灰色的洋基队运动衫，塌着肩膀。他朝你走去，咬牙切齿跟你说了几句话，然后把大刀踢到一旁。那刀闪了一下，便消失在草丛里。你佝偻着身体，似乎在嘟囔什么，双手捧到了下巴那儿——这是你在美甲店收到小费时的姿势。你继续往车的方向退，浑身颤抖。那个男人慢慢放下了枪。

"不值当，红，"兰双手捂着嘴说，"你打不过枪啊。打不过。快回来，回直升机里来。"

"妈，"我听到自己说，声音有些颤抖，"妈，来吧。"

你慢慢挪进驾驶座，转身看我，目光中充满厌恶。你沉默了很久。我以为你要笑出来，但你的眼中开始涌上泪水。我转头看那个人。他还在警惕地盯着我们，一只手架在屁股上，猎枪夹在胳肢窝下，枪口冲地。他要保护他的家人。

你开始说话，但声音沙哑，我只听清一点点。那不是梅的家，你慌里慌张地边翻钥匙边解释，或者说，梅已经不住这儿了。她男朋友，就是那个曾经抓着她的头撞墙的卡尔，也不在这儿了。这是别人家，那个举着猎枪的秃头白人。弄错了，你对兰说。一个意外。

"可是梅已经五年没住这儿了，"兰突然温柔地说，"红啊……"虽然我看不见，但知道她正在把你的头发拂到耳后。"梅搬去佛罗里达了，想起来没？去开自己的美甲店。"兰现在姿态镇定，双肩放松，仿佛有人钻到她身体里，开始操纵她的四肢和嘴唇，"我们回家。你需要休息，红。"

引擎发动，车猛地掉头。我们驶离那家时，门廊上出现了一个跟我差不多大的小男孩。他用一把玩具枪指着我们，做出开枪的动作，嘴里还发出嘟嘟嘟的声音。他父亲转身吼他。他开了一次，然后又开了两次。我从直升机的窗口看着他，死死盯着他的双眼，做了我该做的事：我拒绝死去。

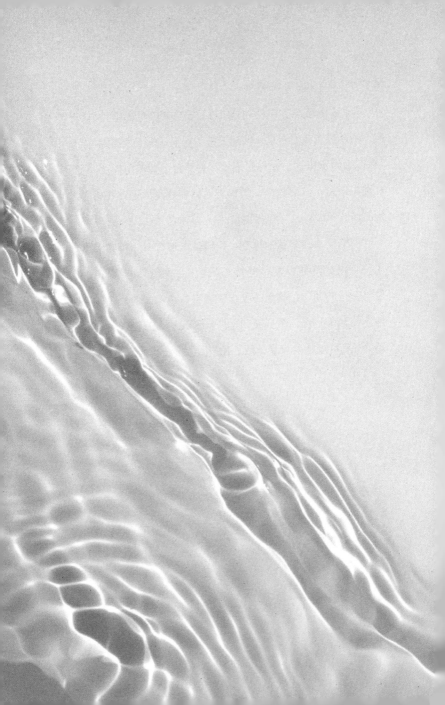

记忆是一种选择。你有一次这么说，背对着我，口吻像极了神。但如果你真的是神，就会看到他们。你会低头看到这片松林。晚秋时节新长出的松针又嫩又湿，在树梢闪闪发亮。你的神目会穿过树枝，穿过洒在那荆棘上的斑驳阳光，看到松针一根一根落下。你的目光会追随松针，看它们经过最低处的树枝，落向凉爽的林地，最后落在两个肩并肩躺在那儿的男孩身上。他们脸上的血迹已经干透。

虽然两个人脸上都有血，但血其实来自那个高个子男孩，他的眼睛是深灰色的，就像人影投在河面上的那种色调。十一月的余寒渗进他们的牛仔裤和薄薄的针织衫。如果你是神，你会注意到他们也在盯着你看。他们一边拍手，一边唱《我这小小的光》——拉尔夫·史丹利那一版，下午他们曾在高个儿男孩的立体声音箱里听过。高个儿男孩说，这是他父亲最喜欢的歌。现在，他们轻晃着脑袋，牙齿在音符间闪闪发光，下巴上干透的血迹变成碎屑，落在他们白皙的喉咙上，歌声像一把一把烟雾从他们口中离开。"我这小小的光，我要让它照亮。我这小小的光，我要让它照亮……在我的房子里，我要让它照亮。"他们挥动着胳膊，带起阵阵小风，松针被它们卷着，窸窸窣窣落在周围。高个儿男孩眼睛下面的伤口因为唱歌又裂开了，一道暗红的血线顺着左耳往下流，在脖子上拐了个弯，消失在地上。矮个儿男孩看着朋友，看着他那只肿得像灯泡一样可怕的眼，想竭力忘掉。

如果你是神，你会告诉他们别拍手了。你会告诉他们，双手空空时，一个人能用它们做的最有用的事，就是抓紧。但你不是神。

你是个女人，是个母亲。你儿子正躺在松林里，而你则又一次坐在城市另一头的厨房桌子旁，静静等他。那锅大葱炒河粉，你已经重新热了三次。你盯着窗外，哈出的气在玻璃上蒙了一层雾。你等着男孩的橘黄色纽约尼克斯队卫衣在眼前闪过，因为他回来时肯定在跑，都这么晚了。

但你儿子还在树底下，躺在那个你永远不会见到的男孩身旁。他们离封闭高架桥只有几米远，一只塑料袋在钢丝网眼栅栏前乱扑腾，下面躺着几百个一口干的小酒瓶。男孩们开始哆嗦，拍手也慢下来，几乎听不见响声了。大风在他们上方呼啸着，淹没了他们的歌声——松针像手表摔碎后的表针一样咔咔嚓嚓落下来。

有时在深夜里，你儿子会睡不着，认为有一颗子弹嵌在他体内。他会感到子弹在胸口右侧的肋骨间浮动。*子弹一直都在这儿*，男孩想，甚至比他的年纪还大——*而他的骨头、肌腱、血管只是将这一小片金属包裹起来，封存在他的体内。不是我*，男孩想，*我母亲子宫里的不是我，而是这颗子弹，我是围着这颗种子长出来的*。即使现在，寒冷慢慢把他包围时，他也能感到子弹从胸口钻出来，微微顶起了他的卫衣。他感到了这个凸起，可和往常一样，还是什么都没找到。*又缩回去了*，他想，*子弹想留在我的身体里。没了我，它什么都不是*。因为没被嵌进身体的子弹，就像没被耳朵听到的歌曲。

城那头的你正面朝窗户，想着是否要把炒河粉再热一下。你把刚才撕碎的纸巾收罗到手掌里，起身扔掉，然后回到椅子上，继续等。某天晚上，你儿子进家前，曾在那扇窗外停住脚步，看着你那张正在凝望的脸，一格光照在他身上。夜晚将窗玻璃变成了镜子，你看不到他，只能看到刻在你双颊和眉头上的皱纹，看到你那张不知为何反被平静蹂躏的脸。那个男孩，看到他母亲望着空虚，他的整个人都隐没在她那张幻影般的鹅蛋脸中。

歌曲早已唱完，他们的神经被寒气做成的剑鞘套住，失去了知觉。衣服底下，鸡皮疙瘩钻出来，纤细的汗毛竖起后又被衣服压弯。

"欸，崔儿，"你儿子说，"讲个你的秘密吧。"干透的血迹紧紧绷在他朋友的脸上。风，松针，几秒钟。

"哪种？"

"就——就正常的秘密呗。但不能烂。"

"正常的秘密。"安静的思考，平稳的呼吸。繁星如黑板匆匆擦过后的一片白点。"你能不能先来？"

城那头的你，正用手指敲着桌子的塑料贴面。

"行。你准备好没？"

"好了。"

你把椅子往后一推，抓起钥匙出了门。

"我已经不怕死了。"

（一阵沉默，然后是笑声。）

寒冷如河水，已经涨到他们的喉咙口。

妈，你有一次告诉我，记忆是一种选择。但如果你是神，就会知道它其实是洪水。

因为我是你儿子，所以我对工作的了解和我对失去的了解一样多，而我对二者的了解又和我对你双手的了解一样多。它们曾经柔软的轮廓，我从未感受过。早在我出生前，你的手掌就已长满老茧和水疱，后来又被三十年的工厂和美甲店工作毁了个彻底。你的双手丑陋不堪——我恨一切让它们变成那样的东西。我恨它们是某个梦想的残骸和报应。你每天下班一回家，就扑通坐到沙发上，并且在一分钟内睡过去。我把水给你端来时，你已经在打呼噜，双手搁在膝盖上，像两条鳞去到一半的鱼。

我知道的是，美甲店不只是工作场所，是制造美的作坊，还是我们把孩子养大的地方——其中有好多人，比如表兄维克多，都会因为数年如一日地把有害气体吸入尚在发育的肺中而患上哮喘。我还知道美甲店是厨房，我们的女人们

蹲在后面几间屋的地上，一口口大锅在电炉子上噼里啪啦响，一锅锅热腾腾的河粉将原本逼仄的空间变得雾气缭绕，大蒜、肉桂、生姜、薄荷、小豆蔻的香气混着甲醛、甲苯、丙酮、派素清洁剂、消毒液的味道弥散其中。那里也是故乡的传说、流言、奇闻、笑话被讲述、被扩充的地方，笑声会在后面那几间比富人家的衣橱大不了多少的屋子里响起，又迅速消失，只留下一片诡异又原始的安静。那里还是临时教室，刚刚下船或下飞机或从绝望的深渊里爬出来的我们，希望能在这里暂时歇歇脚，直到我们能再次站起来，或者更确切地说，直到我们的嘴巴能圆润地发出英语音节。那之前，我们只能在美甲桌上埋头做练习册，完成夜校的非母语英语教程作业——这些课花掉了我们工资的四分之一。

不会在这儿待多久，我们或许会说，*很快就能找一份真正的工作*。但通常情况下，有时在几个月或者几周内，我们就会低着头重新回到美甲店，胳膊下夹着放美甲工具的纸袋，求人家让我们复职。大多数时候，店主会出于可怜或理解，也或者二者兼有，冲一张空桌子点点头——总会有张空桌子。因为没有人会在这儿长待，总有人刚刚走。因为这份工作没有固定的薪水，没有医保，没有合同，身体是唯一的工作原料和工作基础。既然什么都没有，那么身体就成了自己的合约，成了在场的见证。我们就这么干几十年，干到我们的肺

一吸气就肿胀，干到我们的肝脏因化学物质而硬化，干到我们的关节因炎症而脆弱、红肿，干到它们一起串成某种人生。不消两年，新移民就会明白，美甲店到头来就是梦想钙化成认识的地方，你会认识到醒来时你的骨头变成了美国骨头到底意味着什么——且不论有没有公民身份——疼痛、中毒、低薪。

我既恨又爱你那双饱受摧残的手——为它们不可能变成的模样。

那天是星期天。那年我十岁。你打开店门，昨天美甲时残留的丙酮立即刺痛了我的鼻腔。但一如既往，我们的鼻子很快便习惯了。店不是你的，但每周日都会由你来经营——一周里生意最淡的一天。进去之后，你打开灯，给自动足疗椅插上电，水从座椅下的管子里汩汩流出，而我则去休息室冲速溶咖啡。

你喊了一声我的名字，连眼睛都没抬。我知趣地走到正门，开了锁，又把挂牌上的"营业中"那面翻过去冲着街道。

这时，我看到一个女人，七十来岁，头发花白蓬乱，面容瘦削，一双蓝眼睛空洞无神，露着那种早已抵达该去的地方但是还在继续往前走的人才有的目光。她两只手抓着一

个紫红色的鳄鱼皮手提包，正往店里瞅。我打开门，她走进来，步子有些跛。她的橄榄色围巾被风从脖子上吹下，顺肩膀耷拉到地上。你微笑着起身，用英语问："有什么可以帮您？"

"足疗，谢谢。"她的声音很细，仿佛受到了静电干扰。我帮她脱掉外套，挂在衣架上，又带她来到足疗椅前。你打开足疗盆里的喷嘴，又往冒着泡的水中倒入足浴盐和溶剂。合成的薰衣草香弥漫在店内。我扶着她的胳膊，帮她坐到椅子上。她身上有一股汗水蒸发后的味道，还混着甜到发腻的廉价香水味。我扶她坐下去的时候，感到她的手腕一直在微颤。她似乎比表面上看起来更虚弱。在皮椅上坐定后，她转头看我。水流声很大，我没听清她说什么，但从唇形判断出是一句"谢谢"。

水加好了，温度也正好，翠绿的水上漂着白色的泡沫，你请她把脚放到盆里。

她一动不动，双眼紧闭。

"太太。"你叫了一声。美甲店平时闹哄哄的，说话声、音乐声、电视上播的奥普拉[①]或新闻声，但现在却很安静，只有我们头顶的灯嗡嗡作响。过了一会儿，她睁开眼，蓝色的眼珠子周围变得粉红和湿润。她弯下腰，开始摆弄右裤腿。

---

① 奥普拉（Oprah），著名脱口秀主持人。——编者注

我后退一步。你目不转睛地看着她的手指，挪了挪身子，屁股下的椅子嘎吱作响。她卷起裤腿，手上苍白的血管在颤抖。裤子下的皮肤很有光泽，仿佛在瓷窑里烧过。她伸手抓住脚踝，用力一拗，从膝盖处把整条小腿拆了下来。

假肢。

她胫骨的半截处是一个棕色的肉突，又平又圆，好像法式长棍面包的一头——小腿被截了一半。我看看你，想得到一个回答。但你面不改色地拿出锉刀，开始刮擦她仅存的一只脚，那个皱皱的肉突跟着你的动作一摇一晃。那个女人把假肢放到一旁，胳膊小心地搭在腿肚子那里，然后躺回去舒了口气，对着你的头顶说："谢谢。"这次声音比较大。

我席地坐下，等你叫我去保温箱拿热毛巾。在修脚的整个过程中，那个女人一直半闭着眼，左右晃头，你按摩她那条腿的腿肚子时，她舒服地哼出了声。

弄完后，你示意我去拿毛巾，她俯下身指指右腿，也就是耷拉在盆上方那个一直没碰过水的肉突。

"您不介意吧。"她对着胳膊咳嗽一声，继续说，"这个也做一下，如果不麻烦的话。"她顿了顿，抬眼看看窗外，又看向大腿。

你还是没说什么，只是转向她的右腿——动作几乎小到不易察觉——沿着肉突轻轻地按摩，又捧水淋在肉突上，细

流从皱巴巴的皮肤上纵横交错地滴下来。等你差不多把肥皂沫冲洗干净时，她又轻声问你能不能再往下点儿，几乎是在哀求。"要是价格都一样……"她说，"我觉得它还在。这么说很傻，但我真能感觉到。真的。"

你愣了一下——某种表情从脸上闪过。

然后，你眼角的鱼尾纹微微皱起，手指拢在原本腿肚子的位置，开始揉捏起来，仿佛她的小腿还在。你继续往下，按摩她看不见的右脚，先揉了揉脚背，接着把另一只手放在脚跟处，按捏跟腱，最后是沿着脚踝下部拉伸僵直的韧带。

你再次转身示意，我跑着从保温箱拿回一条新毛巾。你一言未发把毛巾从幻肢下穿过，轻轻拍起空气来。肌肉记忆熟练而高效地指挥着你的胳膊，让那里原本没有的东西显露出来，就像指挥家的动作在某种程度上让音乐变得更真实一样。

脚擦干净后，那个女人重新绑好假肢，翻下裤腿，从椅子上下来。我拿过她的外套，帮她穿好。你起身往收银台走，她拦住你，把一张折了几折的百元钞票塞到你手心里。

"愿主保佑你。"说完，她双眼一垂，一瘸一拐地往外走去。门上的铃铛在关门时响了两次，你站在那儿，两眼盯着空气。

本·富兰克林的脸在你湿乎乎的手里渐渐变暗，但你没

把钱放进收银机，而是塞到了你的胸罩里，然后重新扎了扎头发。

　　那天晚上，你趴在硬木地板上，脸下面垫个枕头，叫我帮你刮痧。我跪在你旁边，把你的黑T恤撩到肩膀上，解开你的胸罩——这些我都干过上百次了，双手现在几乎自己就知道怎么做——带子松开后，你揪住胸罩，从身子底下拽出去，扔到了一边。上了一天班，胸罩已经被汗水湿透，像护膝似的重重落在地板上。

　　美甲店的那些化学物质从你皮肤上飘起来。我从口袋里拿出一枚25美分硬币，在一瓶维克斯达姆膏里蘸了蘸。桉树的清亮味道弥漫在空气中，你开始放松下来。我在硬币上浸了一层油腻的药膏，然后又沿着脊柱，在你背上涂了大概一拇指那么大的量。你的皮肤泛着光，我把硬币放在你脖子根儿那里，向外沿你的肩膀刮。我用你教我的方法，用力、均匀地刮了又刮，直到白色的皮肤上出现道道赤褐色的条纹。这些伤痕会继续变深，变成紫红色的纹理，仿佛你背上新长出了深色的肋骨，将你体内的痧气排出。通过这些小心制造的伤痕，你的身体会慢慢复原。

　　即使在这儿书写你，你身体的物理事实也拒绝我移动它。

即使在这些句子中，我把手放在你背上，放在你永远不会改变的白皮肤上，也能看到对比之下它们的颜色有多深。即使是现在，我看着你腰上和屁股上的褶皱，给你按摩紧绷的肌肉，你脊柱上的一块块小骨头，也像一排没有什么沉默能转化而成的省略号。即使过了这么多年，我们的肤色对比还是让我吃惊——就像我握着笔，对着一张白纸，开始在它的空间里移动，试着在不破坏它的情况下作用于它的生命。但通过书写，我还是破坏了它。我同时在改变、修饰和保存你。

我沿着你的肩膀按摩，往下揉捏那些顽固的结节，你对着枕头，轻声哼道："真舒服……太舒服了。"过了一会儿，你的呼吸变深、变匀，胳膊松弛下来，你睡着了。

十四岁那年夏天，我在哈特福德外的一家烟草农场，找到了人生第一份工作。大多数人不知道烟草还能在这么北的地方生长——但是你把任何东西放到水附近，它都能长成一小支军队那么高。不过，有些事的发展过程还是挺奇怪的。阔叶烟草最先由阿格瓦姆人种植，白人殖民者把土著赶走之后，很快将它作为经济作物种植，而现在收割这些烟草的则大部分是非法移民。

我知道你不会允许我骑着自行车去八点五英里之外的农

村，所以就跟你说我是到城郊的一座教堂花园干杂活儿。根据本地基督教青年会分发的传单，农场那份工每小时能给九美元，比当时的最低工资标准还要高两美元。而且因为我岁数还太小，不够法定工作年龄，所以是私底下偷偷支付现金。

那是二○○三年夏天。换言之，布什已经以后来被证实莫须有的大规模杀伤性武器之名向伊拉克宣战。那段时间，所有电台都在放黑眼豆豆的《爱在哪里》，尤其是PWR 98.6频道，晚上睡觉时要是开窗户，你能听到小区附近几乎每辆车上都在放，歌曲的节拍还时不时被对街篮球场上传来的啤酒瓶碎裂声打断。那是瘾君子们拿着空瓶子往天上抛，想看看街灯如何让破碎的东西看起来仿佛被施过了魔法。第二天一早，你会看到路面上到处都是闪闪发光的玻璃碎片。那年夏天，老虎伍兹将连续第五年获得美国职业高尔夫球协会的年度选手称号，马林鱼队会爆冷击败洋基队（我既不在乎也不理解）。那一年距脸书问世还有两年，距苹果手机诞生还有四年，乔布斯还在世。那一年，你越来越频繁地做噩梦，我经常深更半夜在厨房的桌子下找到你，正全身赤裸、大汗淋漓地数你赚的小费，说要买个"秘密地堡"，以防哈特福德遭受恐怖袭击。那一年，"先驱者10号"行星探测器在距离七十六亿英里远的地方，最后一次向美国航空航天局发回信号，之后便永远失去了音讯。

每周有五天，我都早上六点起床，骑一个小时的自行车，经过康涅狄格河，经过城郊那些完美到让人想自杀的草坪，最终抵达乡下。去往农场的路上，田野在我的两边徐徐铺开，落满乌鸦的电话线被压得有些松垮，隔一段就能看到一棵正开满白花的扁桃树，灌溉渠里不时有兔子淹死，到夏末时，几十只死兔子的腐气会被热风吹得到处都是。一排排郁郁葱葱的烟草绵延着伸向远方，有些甚至已经到我肩膀那么高，在它们的衬托下，农场尽头的树看起来像是灌木丛。

农场中间有三座一字排开的大仓，外面都没刷漆。我骑着车沿一条土路到达了第一座大仓。门大敞着，我便推车进去。里面凉快些，也暗一些，等眼睛适应后，我才看到一排人正坐在墙边，用西班牙语交谈，黝黑的脸庞下摆着纸盘子，里面放着溏心蛋。其中一个看到我后，摆手叫我过去，嘴里还说着什么。我听不懂，就告诉他我不会说西班牙语。他似乎有些惊讶，然后便是一副恍然大悟的样子，脸上露出了喜色。"啊！"他指着我点点头，用西班牙语说，"中国小孩，中国小孩！"毕竟是上班第一天，我决定还是不要纠正他为好，便向他举起大拇指，笑着说："是，中国小孩。"

他说他叫曼尼，然后指指桌子叫我坐下。桌上有一个架在丁烷加热器上的大烤盘，里面有一些单面煎鸡蛋，旁边放着一壶已经变成常温的咖啡。我在这些人中间找了个位置坐

下，默默吃起来。不算我的话，这里一共有二十二名工人，基本上都是从墨西哥和中美洲过来的非法移民——有两个例外，一个叫尼可，来自加勒比海上的多米尼加共和国；另一个叫瑞克，是个二十来岁的白人，来自康州的科尔切斯特，据说是上了性犯罪者名单，在烟草农场打工是他唯一能找到的固定工作。他们中的大多数都是跟着庄稼跑的季节性工人，也就是全国哪儿的庄稼熟了，他们就去哪儿。在这家农场，工人们睡在一座由四辆房车组成的营地，就位于农场尽头那些树之外几米远的地方，从马路上完全看不见。

谷仓的椽子上现在还什么都没有，烟草收割回来后会挂在上面风干。到九月底时，每间谷仓会有两批烟草风干，每批近两吨。我边吃溏心蛋，边查看谷仓的结构。为了方便空气流通，加快干燥速度，谷仓四壁上的木板每隔一块被抬起，制造出肋骨似的空隙，所以现在灼热的暑气，才能裹挟着烟草甜中带苦的香气和红土散发出来的铁腥味，吹到我的脖子上。这些男人也散发着烟田的味道。虽然他们的靴子今天还没在田里踩过，而且早上还冲过凉，但身上留有前一日汗滴"烟"下土之后的余味。不久之后，同样的味道也会浸进我的毛孔中。

一辆深绿色的福特野马从土路上开过来。男人们齐刷刷站起身，把纸盘和纸杯扔进垃圾桶，然后戴好手套，其中几

个还往小抹布上浇点儿水，塞到了帽子下面。

布福德先生走了进来。这是一个高高瘦瘦的白人，大约七十来岁，头上的红袜队棒球帽压得很低，盖住了他的飞行员太阳镜，双手架在屁股上，笑容有些做作，让我想起了《全金属外壳》里的疯子中士。那人因为太浑而被手下一名士兵爆了头，但布福德先生还算和善，甚至还可以说有风度，只可惜有点儿不自然。他咧嘴笑着，一颗金牙在嘴唇间闪闪发光："我的联合国今早怎么样？还好吗？"

我走上前去自我介绍，和他握了握手——他的手干裂又粗糙，这让我有些意外——然后，他拍了拍我的肩膀，叫我好好跟着曼尼干就行。原来曼尼是我这组的组长。

他们和我一窝蜂地爬到三辆皮卡的货厢里，驶往第一片烟田。那里的烟草长得最高，顶部的叶子已经重到开始往边上倾斜。我们后面还跟着两辆拖拉机，回头装收下来的烟草。我们到那儿时，已经有一个十人小组正弯着腰，在最边上的五排烟草前干活儿了。那是割烟队，他们挥舞着黎明时分磨好的大刀，飞速将烟草砍倒，现在已经把我们甩开九十米左右了。有时候我们速度快些，还能赶上他们。你会听见刀砍的声音越来越大，听见他们粗重的呼吸声，听到一片片绿油油的烟草在他们弓着的身体周围倒下，听到茎里的水分在细胞膜被刀片割破后汩汩流出，将地面洇黑。

我属于叉烟队，矮个儿工人都在这队，任务是收拾那些割下来后已经快被晒蔫儿的烟叶。我们会再被分成三人一组，两人负责摘，一人负责穿。穿工只需要跟着矛车（一辆马拉车，上面装有一支可拆的矛），把烟草穿到木条上。插满一条后，你取下矛头，另两人中的一人会把木条送到正在附近空转的拖拉机上，再由一名装工挂到架子上。然后，穿工会从木条笼子里再取一根出来，插上钢制矛头，继续往上面穿烟叶。

　　拖拉机装满之后，会开回大仓，再由几十个工人（通常都是大高个儿）接力把那些穿着烟叶的木条一条一条卸下，挂到椽上风干。由于最高的椽子离地有十二米，摔下来可不是小事，所以大仓就成了烟草农场上最危险的工作场所。他们有时候会讲，在别的农场曾见过有人摔下去，落地时的声音过了很久还在耳朵里回响——比如某个人正在哼着歌儿，或者正聊着天气，或者抱怨某个女子，抱怨莫德斯托的油价，然后就突然安静了下来，只剩下烟叶在原处摆动。

　　第一天，我傻乎乎地拒绝了曼尼提供的手套，因为实在太大了，戴上以后套口儿几乎到了我手肘那儿。于是到五点时，汁液、泥土、沙砾、木刺已经混在一起，在我手上形成一层又黑又厚的污垢，看着像极了米饭焖煳后的锅底。我们干活时都光着膀子，乌鸦乘着滚滚而上的热浪飞来飞去，在烟田

上投下倏忽而过的阴影，仿佛有东西从天空中掉落。长耳大野兔在田垄间钻进钻出，偶尔会撞在大刀上，而这时你就会听到，在大刀砍烟叶的喊里咔嚓中，某只小动物惨叫着离开我们脚下这片土地的声音。

但不知为何，这份工作弥合了我内心的某种裂痕。大家同心协力，仿佛一条牢固的铁链。每株烟草被砍倒、拾起、挂好，再从一个货厢移到另一个货厢，如掐表一般和谐，可以说每株烟草离地之后就再也不会碰到地面。而且工作的交流方式也多种多样，我学会了怎么跟那些人说话，但不是用嘴，因为语言在这儿毫无用处，而是用微笑，用手势，甚至用沉默或迟疑。我学会了通过手指、胳膊，甚至是在土里描画，来表达人名、动词、抽象词和概念。

比如，胡子被汗水里的盐分几乎染成花白的曼尼，看我用手捧成一朵花的样子后，皱着眉点点头，明白了你名字的意思是玫瑰。

美甲店员工最常说的英语词是 *sorry*（对不起），从事美容行业就意味着要把它当成口头禅。我不止一次见过美甲师对着顾客的手或脚鞠躬，即使有些顾客只有七岁，即使什么都没做错，也得不停说"对不起。对不起。对不起"。我不止一

次见过包括你在内的员工，在时长四十五分钟的美甲项目中道了几十次歉，目的就是让顾客的好心情保持下去，以期抵达最终目标——给一份小费。但就算没给小费，最后也还得说句"对不起"。

在美甲店，*对不起是工具*，先是用来迎合，而最后这个词本身也会变成通货。它不只是表达*抱歉*，更是在持续提醒：*我在这儿，就这儿，在你之下*。美甲师通过这个词放低身段，让顾客获得正确感、优越感、宽容感。在美甲店，对不起的定义已经完全错乱，彻底变成了一个新词，可以同时作为能量和磨损来反复充电和使用。说对不起是有利可图的，在就算或者说尤其没做错的时候说对不起，最终可以"对得起"嘴巴说出来的每一个贬低自我的音节。因为嘴要吃饭。

但其实不只美甲店如此，妈，在那些烟田上，我们也说。曼尼走路不小心挡住布福德先生的视线时，会说"Lo siento"。里格把大刀挂回墙上，而布福德先生正拿着写字夹板坐在一旁标记数量时，也会说"Lo siento"。有一天兰的精神分裂又发作，把衣服塞进烤箱里，说是要毁灭"证据"，导致我上班迟到时，我也对老板说过"Lo siento"。某天到了晚上，烟田还有一半没收完，拖拉机的发动机又坏了，只能在黑暗中原地等待时，我们也说了"Lo siento"。当时，布福德先生坐在卡车里，高声放着汉克·威廉姆斯的歌，盯着地里蔫儿掉的

烟叶，还有仪表盘上贴着的一张手掌大小的罗纳德·里根照片，我们经过他的车时，每人都说了一句"Lo siento, señor"（对不起，先生）。第二天早上我们开始劳动时的开场白也不是"早上好"，而是"Lo siento"。这个短语听起来好像靴子踩在泥里又拔出来的声音，上面滑溜溜的泥浆弄湿了我们的舌头，我们道着歉继续讨生活。一次又一次给你写信时，我都为我的舌头感到遗憾。

我想起了这些在望不到边的烟田里汗流浃背的人，这些在我旁边开玩笑、唱歌的人。我想起乔治再赚一千块，也就是大约再干两个月，就能给他母亲在瓜达拉哈拉郊外买套房了。我想起布兰登准备满足十六岁女儿露辛达当牙医的愿望，送她去墨西哥城上学。我想起曼尼再干一季的活儿，就能回到自己位于萨尔瓦多海边的小村庄，摸一摸母亲锁骨那里的伤疤了，因为他母亲的肿瘤刚刚摘掉，而手术用的钱就是他在康涅狄格的烟田里收割烟草赚来的，以及他想用剩下的钱买条船，看看捕马林鱼能不能发财。对于这些人而言，*对不起*是留在农场的通行证。

一天的工作结束后，我那件白背心上已经满是泥土和汗水，推着自行车走出大仓时，看着跟没穿衣服似的。黏糊糊又磨破皮的手指抓在车把上生疼，但我还是跳上我的银色赫菲牌自行车，在尘土飞扬的街道上一路猛冲，经过烟草曾经

生长但现在已经空空荡荡的广阔土地时，夕阳已经落到了树梢上。我听到背后有人在喊，声音如同收音机频道一样好辨认。"¡Hasta mañana, Chinito!""¡Adios, muchacho!"（"明天见，中国小孩！""再见，小伙儿！"）我知道那是谁的声音。看都不用看，我就知道曼尼和过去每天一样，正冲我挥手告别，而在夕阳最后的微光中，那只手上仅剩的三根半手指看起来就像黑色的剪影。

我骑车离开时想对他们说的话，还有第二天早上或者说所有早上想对他们说的话，也是我现在想对你说的：*对不起*。对不起，他们还要过很久才能见到亲人；对不起，他们中间有些人可能都没法活着回去，不是在穿越边境的沙漠期间因缺水或受冻而死，就是被得克萨斯、亚利桑那的贩毒集团或可卡因民兵组织杀害。我想对他们说"Lo siento"，但说不出来。因为那个时候，我的*对不起*已经变成了别的东西，成了我自己名字的一部分———说出口时就带有欺骗性。

这也是为什么有天下午一个男孩朝我走过来的时候，我脱口而出的是"对不起"。那个男孩将会改变我对夏天的认识，会让我明白如果你拒绝按照规定的日子过，那某个季节可以持续很长时间。那个男孩将教会我人生中还有比工作更残酷和彻底的东西——需求。那年八月的烟田里，正是他走进了我的视野。当时临近收工，我虽然感觉到身旁又过来一

个工人，但因为还沉浸在收割烟草的节奏里，所以并没有理会他。我们又捡了大概十分钟的烟叶，我越来越感受到他一直在我周围晃悠，当我伸手去捡一株蔫掉的烟草时，他干脆直接站到了我前面。我抬起头，看到一个比我高了一头的男孩，脸上沾着泥，但骨相很好，头上的军用头盔微微后倾，仿佛刚刚从兰的故事里出来，然后走进了我的工作时间，脸上不知为何还挂着笑。

"崔福，"他挺直身子，说道，"我叫崔福。"后来我才知道，这是布福德的孙子，为了躲避酗酒的父亲才到农场来干活儿。而我，因为是你的儿子，便答道："对不起。"因为我是你的儿子，所以到那会儿，我的道歉已经成了我的某种延伸，成了我的你好。

当天在田里见过后，我又在大仓见到了崔福。暮色将仓内浸在一片幽微的蓝当中，而仓外，工人们正挎着腰带上叮当响的斧头，爬过小土丘，回树林边上的房车休息。空气很凉爽，混着一股叶绿素的味道，刚刚割下的烟草现在已经挂到椽子上，有些的汁液还在滴，砸到地上，溅起一个个小土旋儿。

我也不知道自己为什么会在自行车旁一直磨蹭，花时间检查辐条。崔福坐在墙边的长凳上，咕咚咕咚喝一瓶霓虹黄的佳得乐。

他陷入沉思的表情给人一种说不清的感觉，紧锁的眉头和眯起的眼睛，让少年气的脸上多了份冷峻和受伤，仿佛正眼睁睁看着爱犬被过早地结束了生命。再加上棱角分明的脸上挂满了泥土和灰尘，小巧玲珑的嘴唇像小姑娘似的嘟成一

个红润的圆圈，使得我摆弄刹车时心里一直在问你到底是谁。

不过，我当时感受到的并不是欲望，而是其可能性盘绕形成的电荷，这种感觉似乎释放出了自身的引力，将我固定在那儿。在田里劳动时，我们曾短暂地肩并肩干活儿，叉板上的烟叶在我眼前已经变成一大片模糊的绿，但我看到了他在看我，而我发现他在打量我时，他的目光又会迅速转向别处。我被别人注意到了——我很少会被别人注意，因为你教育我要想平安活着，就要学会隐身。比如上小学时，有一次我被罚到角落面壁十五分钟，结果过了两个小时，同学都走光了，哈丁夫人坐到办公桌前吃午餐时，才隔着她的通心粉沙拉，倒抽一口气道："我的天！我的天，我都忘了你还在这儿！你怎么还在这儿啊？"

仓内渐渐暗下来，崔福和我聊着烟田的事，聊还有多少活儿没干，聊这些烟叶会出口到非洲和东亚制作雪茄，因为在那些地区，抽烟仍然很流行，来自美国的任何东西依然带有一种希冀的光环。但事实是，崔福说，这些烟叶品质很差，抽起来有股酸腐味儿，呛嗓子。

"这些烟草烂得很。"他的声音在椽子间回荡着，我扭过头去，看了看他。"上面全是虫子咬的洞。我们可能还有两年的好光景，或者三年，那之后……就完蛋了。"他用锋刃一样的手摸了摸喉结，然后便沉默下来。我继续摆弄自行车，但

可以感受到他在看我。我希望他看着，希望他的目光能把我固定在这个世界，因为我感觉自己只有一半进入其中。

我往牙盘上装车链的时候，可以听到他摇了摇瓶子里的饮料，之后把瓶子放到了长凳上。过了一会儿，他轻声说："我真是恨死我爸了。"

在那之前，我都不知道白人男孩的人生中还有值得恨的东西。我想通过那种恨，来彻彻底底地了解他。因为我以为，你就要这么报答任何注意到你的人。你要迎头撞到他们的恨意上，当桥跨过去，进而面对他们，进入他们的内心。

"我也恨我爸。"我停下沾满黑色链条油的手，对着它们说。

我转过身，崔福正对着仓顶微笑。他看到我之后，从凳子上一跃而起，朝我走过来。他把军用头盔拉到眼睛那里，脸上的微笑渐渐变成了某种无法形容的表情，白T恤上的阿迪达斯标志随着他的步伐不停地扭来扭去。那年夏天，我才上初一，而崔福已经是初三的学生了。他稀疏的小胡子在太阳底下看不太清，但在仓里，随着他离我越来越近，颜色倒深了些，被汗浸成一道金黄。再往上就是他的眼睛了：灰色的虹膜上有点点的棕色和琥珀色，所以你看着它们时，仿佛看到了你背后有什么东西在阴沉的天空下燃烧，仿佛这个男孩总是盯着一架正在空中解体的飞机。那就是我第一天看到

的。虽然我知道自己背后并没有东西在燃烧，但还是转过身去，望着夏日的空气盘旋缠绕，噗噗地吐着热浪，在已经变成平地的烟田上滚滚升腾。

那个男孩六岁，只穿着一条印满超人形象的白内裤。你知道这个故事的。他刚刚哭完，现在进入了那种下巴抽抽着，逐渐让自己平静到可以把下巴合上的状态。他的鼻子上沾满咸乎乎的鼻涕，还有嘴唇上、舌头上。他这会儿在家，你记得吧，他母亲把他锁到了地下室，因为他又尿床了，档部附近的四五个超人全被染成了深色。她抓着胳膊，把他从床上拽下来，一直拽着下楼，任凭他哭喊、乞求。"再给我一次机会，妈，就一次。"地下室是没人会下去的那种，处处都是泥土潮湿阴冷的味道，生锈的管道上结满蛛网，流到他腿上和脚趾间的尿还没有干。他站在那里，一只脚踩在另一只脚上，仿佛少与地下室接触一点，他就能少在里面一点。他闭上双眼，心想，这是我的超能力：让周围的黑暗变得更黑。他停止了哭泣。

夏天快过去了，但暑热还未散尽。我们坐在田边一间工

具房的屋顶上，衬衫贴在身上，仿佛还未蜕去的皮肤。铁皮屋顶被热浪烤了一整天，现在我透过短裤还能感受到它很暖和。这儿的太阳快落山了，但再往西走，阳光应该还很强烈吧，我心想，比如在俄亥俄，正为某个我永远不会认识的男孩闪着金灿灿的光芒。

我想了想那个男孩，想了想他离我那么远，却还是美国人。

凉风习习，顺着裤腿吹进了我的短裤里。

收工之后，我们已经筋疲力尽，暂时没力气回家，便像往常那样聊天，聊他的那些枪，聊学校的事，聊他可能会辍学，聊最近一次枪击事件已经过去三个月，不再是新闻，所以温莎的柯尔特工厂可能会重新开始招工，聊马上要出的Xbox游戏，聊他爸，聊他爸的酗酒问题，聊向日葵，崔福说它们看起来特别滑稽，很卡通，但又真的存在。我们还聊了你，聊你的那些噩梦，聊你精神现在越来越涣散，他听着，脸上露出不安的表情，让他噘着的嘴看起来更加轮廓分明。

沉默了好一会儿，崔福掏出手机，对着天边的彩霞拍了张照片，又直接塞回口袋里，都没再看看自己拍的东西。我们四目相对，他尴尬一笑，看向别处，并开始抠下巴上的一颗痘痘。

"克利奥帕特拉。"过了会儿，他说。

"啥？"

"克利奥帕特拉看过同样的日落。是不是很不可思议？所有曾经活过的人见到的都是同一个太阳。"他到处指了指，意思是包括整个小镇的人在内，但其实放眼望去，周围只有我们俩，"难怪以前的人认为太阳就是神灵。"

"谁说的？"

"反正有人说过。"他咬了会儿嘴唇。"有时候我就想往那边走，一直走下去。"他用下巴指指美国梧桐之外的地方。"就嗖嗖嗖。"我边听他说，边端详他的样子：胳膊支在身后，被汉堡喂出来的古铜色肌肉细长又平滑，不断地抽动着。

我剥下葡萄柚的最后一块皮，扔到屋顶下面。那我们的骷髅怎么办，我想问他，我们要怎么摆脱它们——但想想还是不问为好。我分了一半给他，说："但是做太阳应该很不幸吧。"

他把那一半粉色的葡萄柚全塞进了嘴里。"呜哇啊？"

"你是猪啊，嚼完再说。"

他翻个白眼，调皮地摇起头来，仿佛着了魔。晶莹透亮的果汁顺着下巴滴在脖子上，流到喉结下面那个拇指大小的凹痕里，闪着光。他咽下去，在胳膊上擦了擦嘴，严肃地重复道："为啥啊？"

"因为你要是太阳的话，就看不见自己啊，甚至都不知道

110

你在天上的位置。"我把一瓣葡萄柚搁到舌头上，任由酸酸的果汁蜇痛腮帮子里被我无缘无故咬了一周后咬出的一个破口。

他若有所思地看着我，仿佛正在脑海里掂量我的观点，嘴唇上还有未擦干的果汁。

"就是说你甚至都不知道自己是圆的还是方的，是丑的还是美的。"我继续说着，想让自己的话听起来很重要，很迫切——但我都不知道自己信不信，"你就只能看到你带给地球的东西，色彩啊什么的，但看不到你自己。"我瞥了他一眼。

他正在抠自己沾满草汁的白色万斯鞋上的一个洞，用指甲刮那块儿的皮革，把小洞抠成了大洞。

这时候，我才注意到蟋蟀的叫声。天色已经暗下来。

崔福说："我觉得做太阳很不幸，是因为它身上一直着着火。"我以为自己又听见了一只蟋蟀的声音，而且这只离很近，砰砰砰地跳来跳去。但没想到，那原来是崔福在尿尿。他坐在原地，双腿摊开，那股尿噼噼啪啪地落在铁皮斜屋顶上，又顺着边缘流下，砸到土里。"而我正在灭火。"他表情专注地撇着嘴说。

我扭过头去，一直看着他——不是崔福，而是俄亥俄的那个男孩。很快，他就要经历我刚刚安然度过的这个钟头了。没什么话可说之后，我们开始一颗颗往外吐嘴里的葡萄柚籽儿。它们重重地落在铁皮屋顶上，随着太阳完全隐没在树林

之后，最终变成了蓝色。

一天，孩子的母亲从钟表厂加完班回到家，看到家里到处都是玩具士兵，几百个蜷曲的塑料身体像垃圾一样撒满厨房地板。男孩通常都会在她到家前把玩具收好，但这天完全沉浸在了用这些玩具士兵编织的故事里，忘了时间。士兵们正要把米老鼠从录像带搭成的监狱里营救出来。

听到开门声，男孩腾地跳起来，但已经晚了。他还没看清母亲的脸，一个大大的耳光便扇在他的脸上，然后又一个，许多个。如雨点一般劈头盖脸。母亲的暴风雨。男孩的外婆听见哭喊后冲进厨房，仿佛出于本能一般，双手双膝撑在地板上，为他搭起一座摇摇欲坠的小房子。男孩蜷缩在里面，等着母亲冷静下来。透过外婆颤抖的双臂，他看到录像带监狱已经塌掉，米老鼠重获自由了。

在工具房的屋顶上吃葡萄柚之后过了几天，我和崔福正坐在他的卡车里——我在副驾驶的位置——他从T恤的胸兜里掏出一根雪茄，轻轻放在膝盖上，又从另一个兜里拿出一把美工刀，竖着在雪茄上划了一道缝，然后把里面的烟草倒

出窗外。

时间似乎过去了几个小时。回过神后，我们发现自己不知何时已经来到了大仓里，正在满是尘土的地板上躺着。应该很晚了，反正外面已经黑到让仓里看起来无边无际，仿佛我们置身一艘搁浅的大船之中。

"干啥怪怪的。"崔福坐起身，拿过一旁地上的"二战"军用头盔，戴在头上。我们认识那天，他就戴着那个头盔。我老能看见它——但又感觉不太对劲儿。一个活生生的美国男孩，怎么会展现出一名阵亡士兵的形象。这样的象征也太精巧、太利落了，一定是我编造的吧。因为即使我现在翻个遍，也找不到一张他戴那个头盔的照片。可这会儿，头盔就斜扣在崔福头上，遮住了双眼，让他失去了特征，更方便盯着他看。我像研究一个新词一样研究起他来：红红的嘴唇在头盔下嗫着，喉结小到有些奇怪，仿佛疲惫的画家在线条上画了一个点。仓里足够阴暗，可以让我在看不清他的情况下，将他整个淹没在我的眼中。就像关着灯吃饭，即使你都搞不清自己的身体到哪儿结束，黑暗从哪儿开始，也依然能得到滋养。

"干啥怪怪的。"

"我没看你，"我把目光转向他处，"我是在想事情。"

"哎，收音机又能用了。"他拧动腿上那台手持收音机的

旋钮，静电噪声越来越大。突然，一个强劲又迫切的声音灌入我们之间的空地：*四档进攻，还有二十七秒，爱国者队排成行，准备后传发球……*

"太好了！我们还有机会。"他用拳头砸着手掌，牙齿咬在一起，仿佛头盔下有一道灰色的闪电。

他抬起头，想象着比赛场面，想象着球场和他身着蓝灰色的爱国者队。我睁大眼睛，更用力地看着他。下巴的轮廓苍白又分明，喉咙上暴起青春的细筋。他没穿T恤，因为是夏天，因为没关系。他的锁骨处还有两道泥土印痕，那是我们下午往布福德的后院移植一棵小苹果树时留下的。

"我们差不多了？"我问，但其实并不知道自己要表达什么。

在刺啦刺啦的杂音中，咆哮声越来越大。

"对啊，我觉得我们没问题。"他重新在我旁边躺倒，身下的土被压得略吱响，"好了，到了四档进攻，意思就是最后的进攻机会了——你知道吧？"

"嗯哼。"

"那你干啥盯着房顶？"

"在跟你听呢。"我头枕手掌，看着他——他的身体在阴暗中就像一团微弱的火光，"听着呢，崔儿，四档。"

"别叫我这个。是崔福。要叫就叫完整，懂？"

"对不起。"

"没事啦。反正*四档*就是该分胜负了。"

我们躺在那儿，肩膀几乎靠到一起，皮肤之间形成了一层薄薄的热气，解说员的喊声、观众嘶哑的喝彩声在空中回荡。

"我们可以的，可以的。"他的声音传来。我想象他的嘴唇像人们祈祷时那样翕动着。他似乎能透过房顶看到没有星星的夜空，看到那晚的月亮如一块被啃干净的骨头那样挂在田野之上。我不知道是他挪了还是我动了，但在比赛的咆哮声中，我们的距离变得越来越近，我们的上臂变得越来越潮湿，还时不时触碰在一起，但因为很轻，我们都没有注意到。或许正是那天在大仓里，我第一次看到了黑暗中的肉体此后也总会向我呈现的样子：他身上那些轮廓更加分明的部分——肩膀、手肘、下巴、鼻子——从黑暗中冒出来，让他的身体看着仿佛像一半正浸入河中或正从里面出来。

爱国者们飞奔着达阵得分。蟋蟀的叫声在大仓周围轻轻摇摆的矮草叶中此起彼伏。我翻身面向他，似乎感觉到了蟋蟀那长着锯齿状尖刺的腿正爬过我们身下的地板。我叫了一声他的名字，完整的名字，声音轻到那几个音节都没有离开我的嘴。我靠过去，感受着他脸上又湿又咸的热气。他发出了一种近乎快感的声音——也或许只是我的想象。一会儿，

头盔向后一翻，*哐当*一声落到地上，人群欢呼起来。

在那间四壁颜色有如豌豆汤的卫生间里，外婆拿着一个刚煮好的鸡蛋，在男孩的脸上滚。几分钟前，他母亲拿起一个空的瓷茶壶朝他扔去，那壶砸在他脸上，碎了。

他心想，鸡蛋跟自己体内一样温热。这是个老偏方。外婆说："再厉害的瘀青，鸡蛋也能去掉。"男孩脸上那个肿得发亮的紫红色大包，看起来就像李子。鸡蛋光滑的表面在瘀青上滚了一圈又一圈。男孩努力睁开哭到浮肿的眼睛，看着外婆抿着皱巴巴的嘴，聚精会神地给他揉肿包。多年之后，男孩长大成人，外婆也只剩一张刻在他脑海中的面孔。在纽约的某个冬夜里，他在桌上磕开一个煮鸡蛋时，又想起了她皱巴巴的嘴唇。因为房租费没攒够，那周的晚餐就只能吃鸡蛋了。但他手里的鸡蛋并不温热，而是冰凉，因为那天早上他一下煮了十几个。

他坐在桌旁，拿潮乎乎的鸡蛋在脸上来回滚，思绪万千。他没有出声，只在心里说着*谢谢你*，说到鸡蛋变得和他一样温热为止。

"谢谢你，外婆。"男孩眯着眼说。

"你现在没事啦，小狗。"她拿起那个像珍珠一样白的椭

116

球，轻轻放到他的嘴边。"吃吧，"她说，"咽下去。你的瘀青现在在里面了，吃下去，就不疼了。"于是，他吃了下去。他现在还在吃。

色彩，妈。是的，我跟他在一起时会感觉到色彩。不是文字——而是色度，是半影。

有一次，我们把卡车停在土路边上，背靠驾驶室的车门席地而坐，眼前是大片的草场。很快，我们投在红色车身上的影子便开始移动、绽放，仿佛紫色的涂鸦。两个芝士巨无霸汉堡在引擎盖上温着，包装纸噼噼啪啪地响。当一个男孩找到你时，你有没有感觉自己好像被涂了颜色？身体是否即使在最好的状态下，也只是血液奔向心脏，又被心脏送出，灌满路线，灌满曾经空空如也的通道？彼此走了多少英里，才把我们带向对方。

汉堡开始冒烟。我们没有理会。

第一个暑假之后，我又在那个农场打了两个暑假的工——不过我和崔福在一起的时间，则贯穿了其间的所有季节。那天是十月十六日，星期四，晴间多云，树叶已经变脆，

不过还挂在树枝上。

我们晚饭吃的是鱼露番茄炒鸡蛋盖饭。我身上穿着L. L. Bean的一件灰红格子衬衫，你正在厨房洗碗，嘴里还在哼唱着什么。电视机上正在播动画片《淘气小兵兵》，兰边看边拍手。卫生间有个灯泡一直在嗡嗡响，瓦数和插口不匹配。你想去杂货店买几个新灯泡，但最终还是决定等美甲店发了工资以后再买，到时候能再给兰买一罐安素营养粉。你那天状态还好，甚至抽烟的时候还笑了两次。那天我记得很清楚。毕竟，一个人怎么可能忘了第一次发现自己很美的日子？

我冲完澡，关了水，但没有像往常那样趁着门后镜子上的水汽还没蒸发完，赶紧擦身子、穿衣服，而是等在那里。结果，我的美就这样偶然地呈现在我面前。我当时正站在浴缸里神游，回想前一天我和崔福在雪佛兰后面的情景。水已经关了很久，当我从浴缸里出来时，镜子里的那个男孩惊呆了我。

他是谁？我摸着脸，摸着灰黄的双颊。我摸着脖子，看到上面的肌肉斜着伸向棱角分明的锁骨。搓洗过的两肋微微陷进去，皮肤在努力地填满上面那些不规则的缝隙，悲伤的小心脏在下面涌动，仿佛一条受困的小鱼。两只眼睛也不对称，一只睁得太大，一只有些恍惚，眼睑微垂，对任何进入它的光线都很谨慎。眼前这一切都是我在躲避的东西，因为它们，我才想变成太阳，因为那是我唯一知道没有阴影的事

物。可我没有动，而是让镜子照出这些缺点——因为这一次擦干时，它们对我而言不再是缺陷，而是成了某种有人想要的东西，某种被人在那片曾经让我迷失的广阔风景中索求并找到的东西。因为美这个东西，只有在它本身之外才是美。透过镜子，我将自己的身体视为了另一个人的身体，几英尺之外的一个男孩。他漠然的表情似乎是在挑战皮肤，看它敢不敢保持原样，仿佛西沉的太阳并没有到别的地方，并没有到俄亥俄。

我得到了自己想要的东西——一个男孩正朝我游来。只不过我不是河岸，妈。我是一块浮木，在努力记起我从何处剥落后才来到这里。

回到大仓里，我们一起听收音机的那个晚上。收音机里的爱国者队比赛正在中场休息。我听到他说了一句话。空气很浓稠或者很稀薄或者根本没有。或许我们甚至迷迷糊糊睡着了。插播的广告正刺啦刺啦从收音机里传来，但我听到了他说话。当时我们正盯着橡子发呆，他像念地图上的国家那样，漫不经心地问道："我为什么会出生？"他的面容在微弱的光线中显得很困扰。

我假装没听见。

但他又说了一遍。"我为什么会出生，小狗？"他的声音压过了广播的静电干扰。我还是没有回答，而是假装回应广告，故意对着空气说："我不喜欢肯德基。"

"我也是。"他毫不犹豫地回答。

我们大笑起来。我们敞开了心扉。我们笑到了散架。

崔福和他爸独自住在州际公路后面的一栋明黄色活动房里。那天下午，他爸去切斯特菲尔德给一座商业园铺设红砖人行道去了。活动房的白门框上已经被指纹染成了粉色：一栋用辛勤劳动涂色的房子，也意味着一栋用筋疲力尽和年久失修涂色的房子。地毯被拿掉了，"省得清理"，但硬木地板从没打过蜡、抛过光，隔着袜子能感觉到敲在里面的钉子。储藏柜的门也都卸了，"这样省事"。水槽下面有块煤渣砖，用来固定管道。客厅沙发的上方有张用胶带贴着的海报，里面的尼尔·杨正手握吉他，面容扭曲地唱着我从未听过的歌曲。

崔福的屋里有一台索尼牌的车载立体声收音机，连着的两个扬声器摆在衣橱上。他打开之后，摇头晃脑地和着节奏越来越强劲的嘻哈音乐，节奏中间时不时还穿插着枪响、人们的喊叫、汽车驶离的录音。

"你听过这个没？一个新人，叫五十美分。"崔福笑着说，"挺不错吧？"一只鸟从窗外飞过，让屋子仿佛眨了一下眼。

"从来没听过。"我撒了谎——我也不知道自己为什么要这么做。或许我只是想让他觉得他比我多懂一点吧。其实我已经听过很多遍，在那年的哈特福德，无数过往的汽车里、窗户大敞的公寓中都在放五十美分的专辑《要钱不要命》（ *Get Rich or Die Tryin'* ）。人们从沃尔玛或塔吉特百货买来那种一包四十片的廉价空白光盘，把专辑盗录了成百上千次，所以整个东北边都回荡着柯蒂斯·杰克逊的经典歌曲，你骑车经过大街小巷时，耳朵里总有他的声音传入淡出，虽然听不清在唱什么。

"*I walk the block with the bundles,*" 崔福边跟着唱，边张着十指在脸前晃，"*I've been knocked on the humble, swing the ox when I rumble, show your ass what my gun do.*" ①

他皱着眉，在屋里踱来踱去，认真而兴奋地说唱，四溅的唾沫星子落在我脸上，凉凉的。"一起唱，我最喜欢这段了。"他跟着歌词对口型，盯着我，仿佛我是拍摄音乐录影带的摄像机。我跟随他嘴唇的动作唱起来，肩膀也随节奏开始摇晃。没一会儿，我们便开始合唱起叠句部分："*Many men,*

① 大意为"我拿着一沓沓的钱在街区走，我曾经遭到警察的诬告，我打群架时挥着匕首，我让你瞧瞧我的枪能干啥"。

many, many, many, many men. Wish death 'pon me. Lord I don't cry no more, don't look to the sky no more. Have mercy on me."[①]

他的房间里有一张凌乱不堪的床，上方贴着一张快要脱落的《星球大战之帝国反击战》海报。地上有一堆根汁汽水的空罐子，还有一个二十磅的哑铃和一个只剩一半的滑板。桌上有一堆零钱、口香糖包装纸、加油站收据、芬太尼透皮贴、空密封袋、还有一些咖啡杯、一本《人鼠之间》和几个史密斯威森的空弹壳。那天他对着水槽把头剃光了，导致我们随便在哪儿活动都会被碎头发扎到。

他脸上闪闪发光，仿佛戴上了一个汗水面具。他很白，我永远忘不了这一点。他从来都是那么白。而我很清楚，正是因为这一点，我们才有地方独处：农场、烟田、大仓、房子，一个小时，两个小时。我在城里永远找不到这种地方。我们住的廉租公寓那么拥挤，邻居半夜肚子不舒服，我们都能听得一清二楚。能躲在这里，一座破败活动房的屋子里，在某种程度上是特权，是机会。他是白种人，我是黄种人，我们的事实照亮了我们，而我们的行为却压制了我们。

---

① 大意为"许多人，许多许多许多许多许多人，想要我死。主啊，我不再哭泣，不再看天。求你怜悯我"。

但我要想告诉你那个男孩的事，就不得不跟你说奥施康定和可卡因，因为这些药物和毒品很快就会把一切都毁掉，让世界的各端燃烧起来。还有那辆锈迹斑斑的雪佛兰。那是布福德在儿子（也就是崔福他爸）二十四岁时送给他的。老爷子把那辆车当宝贝，多年来修修换换的零件加到一起都能重新组装四辆卡车了。车窗上满是一条条泛蓝的污痕，车胎已经磨得比人的皮肤还滑。那次我们开着它以五十五英里的时速在玉米地中疾驰，崔福疯狂地又喊又叫，胳膊上的芬太尼透皮贴受了热，四边析出的液体像树汁一样顺着他的肱二头肌流下来。我们一路狂笑，然后是猛地转向，碎片似的黄色在眼前闪过，砰的一声，玻璃碴子四溅，撞瘪的引擎盖在一棵死橡树下冒着烟。一道红线流过崔福的脸，又在他下巴处变宽。接着是他爸从活动房那里的呼喊，愤怒的尖叫声将我们从座位上震了下去。

引擎上白气升腾，我们摸了摸肋骨，检查了一下有无断裂，然后逃离了满是汽油味的卡车，跑过这片位于崔福家后面的玉米地，经过一辆架在煤渣砖上后被拆掉轮子的约翰迪尔拖拉机，还有门闩已经锈迹斑斑的空鸡窝，越过已经被荆棘掩盖的白塑料篱笆，穿过野草地和高架桥，跑到了松林里。干枯的松针不断撞在我们身上。崔福他爸正跑向那辆撞坏的卡车。那是他们仅有的一辆车。我们两个都不敢回

头看。

我要想跟你讲崔福的事，就不得不再次跟你说起松林。雪佛兰撞毁一个小时后，我们还躺在那里，凉气从林地中往上渗，我们唱着《我这小小的光》，一直唱到脸上的血迹干掉，绷住我们的嘴唇，迫使我们安静下来。

男孩站在哈特福德的那间黄色小厨房里。他还是个蹒跚学步的孩子，笑着，以为他们在跳舞。他记得很清楚，因为谁能忘掉有关父母的第一份记忆？但直到鲜血从母亲的鼻子中流出来，把她的白衬衫染得跟《芝麻街》里的艾摩一样红时，男孩才大叫起来。接着，他外婆冲进厨房，一把将他抱起，也不管身上越来越红的女儿和旁边怒吼的男人，直奔阳台而去，然后一边从后面的台阶下楼，一边用越南语大喊道："他要杀了我姑娘！老天爷，老天爷！他要杀人了。"附近的人听到后，冲出自家门廊，跑到那座三层公寓里。街对面胳膊有残疾的修理工托尼·朱尼尔的父亲米盖尔、住在便利店上面的罗杰全都跑来，把男孩的父亲从母亲身上拉开。

救护车、警车呼啸而来，男孩被外婆抱在腰上，看着警察高举手枪靠近他父亲，而他父亲手里挥着一张被血染红的二十元纸币，以为这里的警察也会像西贡的警察那样接过钱，

告诉孩子母亲出去走走，冷静一下，然后便会若无其事地离开。但男孩看到的是，美国的警察将他父亲扑倒在地，钱在扭打期间落下来，掉在被街灯照亮的人行道上。他一心只盯着那张半棕半绿如树叶的钱，心中有些期待它能飞起来，落到冬日的树上，所以并没有注意父亲被铐上手铐，两脚拖地、头被摁着坐进了警车里。他只看到那张皱巴巴的钱，看到它被一个扎马尾辫的邻家女孩趁人不注意捡了起来。男孩抬起头时，看到他妈妈躺在担架上，受伤的面庞从他面前一晃而过，被急救员抬上了救护车。

崔福家的后院有一块空地，就在高架桥边上。我看着他在一张破旧的公园长椅上摆了一溜油漆桶，又用他那把32毫米口径的温彻斯特连发步枪练瞄准。我当时不清楚、后来才知道的一件事是：要成为美国男孩，然后再成为有枪的美国男孩，就是从笼子的一角挪到另一角。

他抿着嘴，拽了拽他的红袜队棒球帽帽舌。门廊灯映在枪管上，仿佛远处黑暗中的一颗小白星，随着他的瞄准而升起、降落。星期六的晚上，我们通常都这样度过，方圆几英里内都寂静无声。我坐在装牛奶的板条箱上喝着胡椒博士，看着他把子弹一颗接一颗打向油漆桶。他把枪托卡在肩膀上，

每打一枪，身上那件捕鲸者队绿色T恤的肩膀处都会被后坐力顶得皱起来。

油漆桶一个接一个从长椅上倒下去。我看着，想起了布福德先生之前在农场给我们讲过的一件事。很多年前在蒙大拿打猎时，布福德用陷阱捉住了一头驼鹿。公的。他摸着白色的胡茬儿，慢条斯理地描述陷阱如何夹断了驼鹿的一条后腿——声音类似湿木条一折两半——只剩一些粉红的韧带将两半连在一起。那头驼鹿呻吟着，皮开肉绽、鲜血直流的躯体此时突然成了一座监狱。它很愤怒，厚厚的舌头伸在外面，带出来某种叫声。"听起来像人的，"布福德说，"像你我的叫声。"他瞥了一眼孙子，又看向地面，他那盘青豆上已经爬满了蚂蚁。

他继续道，放下步枪后，他拿下背上的那支双管霰弹枪，慢慢靠近。但这时，那头驼鹿看到了他，直接把腿扯断，向他径直奔去。但他还没来得及瞄准，驼鹿便一拐弯，靠着剩下的三条腿，一瘸一拐地冲过一片空地，消失在了树林之中。

就像你我。我自言自语道。

"算我走运，"布福德说，"三条腿也很可怕，那玩意儿能撞死人。"

我和崔福坐在后院的草丛中，轮流抽一根烟卷，里面还掺了些压成粉末的奥施康定。那张长椅的靠背已经被整齐地

打断，只剩椅面和四条腿。少了躯体的四条腿。

该怎么称呼那种把自己当作食物献给猎手的动物？殉难者？怯懦者？不，是难得拥有了主动停止权的猛兽。是的，就像一句话中的句号——我们之所以为人，正是因为这一点，妈，我发誓。它让我们停下来，以便继续向前。

他爱我，他不爱我。别人告诉我们，把花瓣从花上一片片揪下来的时候要这么说。由此来看，要想抵达爱，就必须经过毁灭。我们要说，把我的五脏六腑挖出来，我会告诉你真相。我会说好。

有时候，别人对你温柔以待，反倒好像证明了你已经被毁掉。

不一会儿，超级任天堂的声音便响了起来。崔福噼里啪啦操控着手柄，肩膀也随之起起伏伏。"哎，哎，小狗。"过了一会儿，他眼睛盯着游戏，轻声说道，"对不起。好不？"

屏幕上，小小的红色马里奥从一个台子跳到另一个台子

上。要是马里奥掉下去，他就得从头开始，重新闯那关。也可以称之为死了。

有天晚上，男孩离家出走了。他没有事先计划，背包里只装了一袋脆谷乐、一双袜子、两本简装版"鸡皮疙瘩"系列。他还没有能力读章节故事书，但知道故事能带他走多远，拿上这些书就意味着他以后至少可以踏入两个世界里。但因为他才十岁，所以只走到了二十分钟脚程外的游乐场，位置就在他就读的小学后面。

四周一片漆黑，他在秋千上坐了一会儿，绳索的吱吱呀呀是附近唯一的响动。之后，他来到旁边的枫树林，爬上了其中一棵。爬的过程中，树叶和树枝在他周围推来挤去。到一半时，他停下来，侧耳听了听周围有什么动静。游乐场对街一间公寓的窗内传来一首流行歌曲，附近高架桥上车水马龙，还有个女人正在呼唤狗或者小孩回家。

接着，男孩听到脚踩在干树叶上的声音。他没有出声，只是双腿往上蹿了蹿，紧紧抱住树干，小心翼翼地低头看。透过那些被落满了都市尘霾的灰色树枝，他看到了自己的外婆。她一动不动站在原地，睁着一只眼四处张望，但因为太黑，根本没看到他。她眯着眼睛左顾右盼，看起来是那样矮

小，仿佛一个误放在此的布娃娃。

"小狗，"她小声喊道，"你在树上吗？小狗？"她伸着脖子，然后扭头看向不远处的高速路。"你妈，她不正常了，明白？她是痛苦，她难受。但她需要你，需要我们。"她在原地微微动了一下，脚下的树叶沙沙作响，"她爱你，小狗，但她生病了，和我一样的病，脑子里有毛病。"她抬起手端详着，仿佛在确认它们还在，然后放了下去。

男孩听到后，把嘴贴在冰冷的树皮上，不让自己哭出来。

她是痛苦。男孩琢磨着她的这句话。人怎么会是感受呢？男孩没有答话。

"你不用怕，小狗，你比我聪明呀。"某物发出刺啦刺啦的声音。男孩这才看到她跟抱小宝宝一样，怀里抱着一袋多力多滋玉米片。另一只手里还拿着一个波兰泉饮用水的瓶子，里面装着温温的茉莉花茶。她不住地嘟囔着："你不用怕。不用怕。"

然后，她安静下来，将目光对在他身上。

他们透过轻轻摇曳的树叶，望着对方。她眨了一下眼。树枝哗啦啦地响了一会儿，也安静下来。

你记得人生中最开心的那天吗？最悲伤的那天呢？你有

没有想过让悲伤和开心合起来，变成深紫色的感受，不好也不坏，只是简简单单，因为这样你就不必非此即彼地活在二者当中的任何一边？

那晚，主街上空空荡荡，崔福和我骑着车在路中央飞驰，车轮吞下了一道道黄色的车道线。当时是晚上七点，也就是说还有五个小时，感恩节就过去了。我们吐出的烟盘旋而上，每吸一口，浓烈的烟火便在我的肺里奏出一个快乐的音符。崔福他爸正在房车里看橄榄球比赛，一边对着电视吃晚饭，一边喝波旁酒和健怡可乐。

骑车经过时，临街店面的橱窗玻璃扭曲了我的倒影。交通信号灯闪着黄光，唯一的声响只有我们下面那些咔咔嗒嗒的辐条。我们来来回回地骑了一会儿，有那么愚蠢的一小会儿，感觉那条被称作主街的水泥带就是我们拥有的一切，是容纳我们的全部。雾气袭来，将街灯变成了梵高风格的大球。在我前面的崔福从自行车上站起来，双手脱把，胳膊伸向两边。"我在飞！嘿，我在飞！"他模仿《泰坦尼克号》中女主角站在船头的场景，声嘶力竭地大喊，"我在飞，杰克！"

过了一会儿，崔福不再踩脚蹬，让车慢慢滑着停在路边，胳膊往身侧一奋拉。

"好饿啊。"

"我也是。"我说。

"那儿有个加油站。"他指指前面。在茫茫夜色中，那家壳牌加油站看起来就像一艘坠毁在街上的宇宙飞船。

进去后，我们要了两个冷藏的鸡蛋奶酪三明治，然后望着它们在微波炉里一起转圈儿。柜台那个白人老太太问我们要去哪儿。

"回家，"崔福说，"我妈堵路上了，所以在她到家前，先吃点儿垫垫。"那女人给他找零的时候，眼睛在我身上打量了一下。崔福的妈妈差不多五年前的时候已经和男友搬到了俄克拉何马州。

我们在一家牙医诊所外的台阶上坐下来，街对面的友好餐厅已经拉下了卷帘门。我们打开三明治的包装，那温暖的玻璃纸在手中变得皱皱巴巴。我们边吃，边望着餐厅的橱窗，上面贴着一张广告海报，宣传的还是去年三月那种绿到让人恶心的"巨型小精灵薄荷船"圣代冰激凌。我把三明治捧在脸前，让热气模糊了我的视线。

"你觉得我们到一百岁的时候还会一起玩儿吗？"我随口问道。

他把包装纸扔了出去，结果那纸被风又刮了回来，落在他旁边的灌木上。我立马就后悔问了。他把吃的咽下去后，说："人哪能活到一百岁。"然后拿出一包番茄酱，在我的三明治上挤了一条红红的细线。

"那倒是。"我点点头。

这时，我听到一阵笑声，是从我们背后那条街上的某座房子里传出来的。

先是孩童们的清脆笑声，两个，或是三个，然后是成年人的——爸爸？他们正在后院玩耍。不是玩游戏的欢乐，而是那种说不清道不明、只有小娃娃才会拥有的兴奋之情，就算是跑过一片空地，就算那空地在城里最破落的地方，连个后院儿都算不上，他们也可以从头乐到脚。从笑声的刺耳程度判断，他们应该在六岁以下，这个年纪的孩子哪怕是随便一动，都会欣喜若狂。听起来，那笑声像是小铃铛被空气敲响，唱起了歌。

"行啦。今天就玩到这儿吧。"男人说完，其他声音便立即消失了，而纱门关上之后，周围恢复了寂静。崔福坐在我身旁，双手抱在头上。

我们骑车往家走，一盏盏路灯在头顶闪过。那天是紫色的——不好也不坏，只是我们经历的一天。我骑得很快，有那么一瞬间，似乎失去了牵绊。崔福在我旁边一直哼唱五十美分的那首歌。

他的声音听起来年轻得出奇，仿佛是从我认识他之前的那个时候传来，仿佛我一转身，就可以看到一个小男孩正穿着妈妈给他洗过的牛仔布夹克，洗衣粉的香气向上飘去，顺

着他婴儿肥的粉脸蛋，穿过他依旧金黄的头发，自行车辅助轮在路面上咔咔嚓嚓地响。

我跟着他唱起来。

"*Many men, many, many, many, many men.*"

我们唱着歌词，或者说几乎是在喊，迎面而来的风吹断了我们的声音。人们说，歌可以成为桥梁，妈。但我说，歌也是土地，可以让我们站在上面。或许我们唱歌，是为了不让自己倒下。或许我们唱歌，是为了留住自己。

"*Wish death 'pon me. Lord I don't cry no more, don't look to the sky no more. Have mercy on me.*"

在我们经过的蓝色客厅里，橄榄球赛走向了尾声。

"*Blood in my eye dawg and I can't see.*"①

在蓝色客厅里，有些人赢了，有些人输了。

就这样，秋天走了。

人生是一次性的，没有第二次机会。这是个谎言，但我们继续过着。我们还是照样过。这是个谎言，但男孩睁开了双眼。房间就像灰蓝色的污迹。音乐穿墙而来。肖邦的，她只听这个。男孩下了床，屋子的四角以某个角度倾斜着，仿

①　大意为"我眼睛充血，兄弟，我看不见"。

佛一艘船。但他知道，这也是他自己制造的假象。走廊里，灯光洒在一堆破碎的45转黑胶唱片上。他来到她房间找她，只见床单被扯了下来，粉色的蕾丝被在地上堆成一团。夜灯半插在插座里，不停地闪烁。钢琴的小音符淅淅沥沥地落下，仿佛雨梦到自己变完整了。他又来到客厅。双人小沙发旁边的留声机沙沙作响，上面那张已经播到头的唱片还在转，他走近时，静电噪声越来越响。但肖邦还在继续，在某个看不见的地方。他循着音乐，侧耳分辨它的源头。厨房的桌子上，一只红色的眼睛在眨，旁边有一桶打翻的牛奶，里面的液体像一道道白线延伸到地上，仿佛噩梦中的桌布。她在慈善商店买的那台立体声收音机——上班时会被放在围裙口袋里，下暴雨时会被塞到枕头底下，每打一声雷，《夜曲》的音量就会更大一些——正坐在那摊牛奶中，仿佛音乐是为它而作。在男孩一次性的身体中，一切皆有可能。于是，他用手指盖住那只眼，以便确认自己还真实存在。他拿起收音机，牛奶随着他手中的音乐继续滴。他打开前门，夏天扑面而来。铁道外面传来了流浪狗的叫声，这意味着有什么东西，兔子或负鼠之类的，刚刚逃过一命，消失在世界中。钢琴的音符渗入他的胸腔，男孩向后院走去。因为他心里知道她会在那儿。她正在那儿等待。因为这就是母亲会做的事。她们等待。她们静静站在原地，直到她们的孩子属于别人。

果然，她正站在那座围着铁丝网的小院尽头，身旁还有一个已经被压扁的篮球。她背对着他，双肩似乎比几个小时前窄了许多。当时，她正在给他盖被子，通红的双眼有些呆滞。她身上的睡衣是一件超大号的T恤，后背上有个大破口，她的肩胛骨露在外面，跟切开的苹果一样白。香烟缭绕着飘向她的左上方。他朝她走去，怀里抱着收音机，浑身颤抖。她佝偻着身体，扭曲而弱小，仿佛被空气压垮一样。

　　"我恨你。"他说。

　　他端详着她，想搞清楚该用哪种语言交流——但她没有转身，只是微微扭过头。红色的烟头抬到她嘴唇上方，晃了几下，又低到下巴那儿。

　　"我不想让你做我妈妈了。"他的声音深沉、饱满得有些怪异。

　　"听到了吗？你是头怪兽——"

　　话音落地，她的头也从肩膀上被砍掉了。

　　不对，她只是低下头，观察双脚间的什么东西。香烟停在半空中。他伸手去抓，但是他预想的灼伤并没有到来。相反，有什么东西在他的手里爬。他张开手，发现掌心上是一只萤火虫仅剩一半的躯体，绿色的体液在他的皮肤上慢慢变暗。他抬起头——现在，只有他和收音机站在那个扁平的篮球旁边，站在盛夏之中。野狗们不再叫，它们吃饱了。

"妈。"他对着空气说，眼中噙满泪水，"我只是那么一说。"

"妈！"他边喊，边往前快走了几步。接着，他把收音机一丢，转身向房子跑去。收音机头朝下落在土里。"妈！"他跑进屋里找她，那条一次性的生命还湿乎乎地躺在他手心。

然后，我跟你说了实话。

那是个灰蒙蒙的星期天。整个早上，天空都像要下大雨的样子。我心里想着，在那样的天气里，两个人之间的关系可能更容易决定——天色晦暗，我们能轻松地看着对方，也就是你和我，熟悉的面孔在阴郁的光线下看起来比我们记忆中的更加明亮。

我们坐在敞亮的唐恩都乐甜甜圈店里，面前的两杯黑咖啡冒着热气。你盯着窗外。雨浇在地上，一辆辆汽车参加完主街上的礼拜活动，正往回开。"人们现在好像喜欢运动型多功能车了。"你看着驾车外卖窗口排起的车龙，"人人都坐得高点儿再高点儿。"你的手指轻敲桌面。

"要不要糖，妈？"我问，"奶油呢？要不吃个甜甜圈？哦不对，你喜欢牛角面包——"

"想说什么就说吧，小狗。"你的语气有些克制、淡然。咖啡的热气让你的表情仿佛在不停变换。

"我不喜欢女生。"

你的眼睛眨了又眨。

"你不喜欢女生。"你茫然地点着头，复述道。我能看到这句话穿过你，将你按在椅子上。"那你喜欢什么？你才十七岁，什么都不会喜欢。你什么都不懂。"你抠着桌子说。

"巧克力！我要巧克力！"一群小孩子兴奋地叫喊着，鱼贯而入。他们穿着蓝绿色的大号T恤，手里的纸袋中装满了苹果，看来是刚摘完苹果回来。

"我可以走，妈，"我说，"如果你不想要我了，我可以走。我不会成为麻烦，谁都不需要知道……妈，说句话呀。"咖啡杯中，我的倒影在一圈圈黑色的小涟漪上荡漾不止。"求你了。"

"告诉我，"你手托着下巴问，"你以后要穿裙子了？"

"妈——"

"他们会杀了你的，"你摇摇头，"你知道啊。"

"谁会杀了我？"

"他们会杀那些穿裙子的人啊。新闻上说了。你不了解那些人。你不了解他们。"

"我不会的，妈。我保证。你想想，我以前也没穿过，对

不对？所以现在干吗穿？"

你盯着我脸上的两个洞。"你哪儿都不用去。就是你和我，小狗。我没别人了。"你的眼睛红了。

店那头，孩子们唱着《老迈克唐纳有个农场》，他们的声音，他们自在的快乐，听着很刺耳。

"告诉我，"你直起身，表情忧虑，"什么时候开始的？我生出来的是个健康、正常的男孩。我很清楚。所以什么时候？"

那年我六岁，刚上一年级。我上的那所学校由路德宗的教堂改造而成，但厨房一直在翻修，所以午饭就在体育馆里面吃，篮球场的弧线就在脚下，吃饭的桌子是临时拼凑而成：几张课桌一组，拼成一张张大桌。食堂员工每天都会推着几个大木箱，里面装着单份的冷冻菜——白色方盘上盛着一堆红褐色的食物，外面包了层玻璃纸。我们在四个微波炉前排好队，等着加热一份又一份的饭。整个午餐时间，它们都会一直嗡嗡作响，再叮的一声，把冒着气泡和蒸汽的午饭，交到我们等待的手中。

我端着自己那盘烂糊糊坐下来。身旁的男孩穿着黄色的球衣，黑头发整齐地梳向一边。他叫格拉莫兹，而且后来我

了解到，他们全家是在苏联解体后从阿尔巴尼亚搬到了哈特福德。但那天，我根本没关注这些。我关注的是他面前没有盛着灰糊糊的白方盘，而是一个时髦的蓝绿色便当袋，上面还有一根带有尼龙搭扣的背带。他从里面掏出一盒比萨百吉饼，每块饼看起来都像一件大号珠宝。

"来一个？"他拿起一块咬下去，然后问我。

我太害羞，不敢拿。格拉莫兹见状，拉过我的手，又把掌心翻过来，拿起一块放在上面。那饼比我想象的重，而且不知为何，竟然还是温的。那之后，每当课间休息时，我就会跟在格拉莫兹后面，他去哪儿我去哪儿。在攀爬架上，我隔着两个横档，跟在他后面；到黄色的旋转滑梯上玩时，我就跟在他脚后往上爬，每上一步，他的白色科迪斯鞋都在我眼前晃一下。

除了变成他的影子，我还有什么办法来回报这个让我第一次吃到比萨百吉饼的男孩？

但问题是，我当时的英语还很差。我没法跟他交流。而且就算可以，我又能说什么？我要跟他去哪儿？目的又何在？或许我跟着他，并不是要去哪里，只是某种继续而已。待在格拉莫兹身旁，就等于继续停留在他先前的善举之内，就等于让时间倒流，回到午餐时间，回到我掌心上那块重重的百吉饼上。

有天玩滑梯时，格拉莫兹转过身，脸涨得通红，冲我喊道："别跟着我了，你这个变态！你到底哪儿不正常？"我没听懂这些话，但"听懂"了他的眼睛——半眯着，仿佛在瞄准目标。

影子从源头那里被切断了。我站在滑梯顶上，看着他闪亮的偏分头在隧道中越变越小，随即无影无踪，消失在儿童的欢笑声中。

　

就在我以为事情已经结束，我已经把心里话倾吐完时，你把咖啡推到一边说："我也有话跟你讲。"

我的上下牙紧紧咬在一起。这不该是什么互诉衷肠或者信息交换啊。但我还是点点头，装出愿意听的样子。

"你还有个哥哥。"你把眼前的头发拨到一边，目不转睛地看着我，"但是他已经死了。"

那些孩子还在，但我已经听不见他们细小、短暂的声音。

我们在交换真心话，我意识到。换言之，我们在用刀割对方。

"看着我。你必须知道这件事。"你仿佛戴着一张面具，嘴巴抿成一条紫色的细线。

你接着说，你曾经还怀过一个男孩，而且你还给他起了

名字，但你不想再提起。那个男孩开始在你体内动了，四肢在你的肚皮里又推又踩。你对他说话、唱歌，就像你曾经对我那样，向他倾吐连你丈夫都不知道的秘密。那时候你还身在越南，刚刚十七岁，和现在坐在你对面的我一样大。

你的双手握拳，像望远镜一样顶在眼睛上，仿佛过去是某种需要追捕的东西。你那边的桌面湿了一片。你拿餐巾纸擦了擦，继续讲。一九八六年，你怀上了大儿子，也就是我哥哥。但怀到第四个月，也就是孩子的脸已经长成的时候，你的丈夫、我的父亲在家人的压力下，逼着你把他打掉。

"那时没东西吃啊。"你双臂撑在桌上，双手托着下巴继续讲。一个男人要去厕所，请我们让一下。你头都没抬，往边上挪了挪。"人们把木屑拌到米饭里吃。能吃到老鼠肉都算运气好。"

你讲得小心翼翼，仿佛这事是风中的一点火苗，你得用手小心护好。那些孩子终于走了，只剩下一对老夫妻，两团白发从报纸后面露出来。

"跟你哥哥不一样的是，"你说，"我们知道你能活下去之后，才生下你。"

格拉莫兹给我比萨百吉饼过去几周之后，你给我买了我

的第一辆自行车：施文牌的，车身亮粉色，带着辅助轮，车把上挂着白流苏，仿佛迷你版的啦啦队手花，即使在我推着车走时（通常是这样）也摇来摇去。而之所以选了粉色，是因为这种颜色的车最便宜。

那天下午，我在廉租公寓的停车场骑车。突然，自行车停了下来。我低下头，看到一双手正紧紧抓在车把上。那双手的主人是一个小男孩，大概十岁，高大臃肿的身躯上塞着一张又肥又湿的脸。我还没搞清楚发生了什么，自行车便往后一翻，让我一屁股摔到地上。你那时到楼上去照顾兰了。那个男孩身后走出来一个脸像黄鼠狼的小个子男孩。黄鼠狼大喊大叫，四溅的唾沫在斜射的阳光下形成了一道彩虹。

大个子掏出一串钥匙，开始刮车身上的油漆。那漆一刮就掉，像玫瑰色的火花掉下去。我坐在那儿，看着他用钥匙划过自行车的骨架，粉色的碎屑扑簌簌地落在水泥地上。我想哭，但还不知道怎么用英语哭，便什么都没做。

就是在那天，我学到了颜色能带来多大的危险。一个男孩可以因为颜色而被打倒在地，被迫反思他犯了什么错。就算颜色其实根本不存在，只是光照的结果，这种不存在本身也有自己的法则，而一个骑着粉色自行车的男孩，首先必须学到的便是引力法则。

那天晚上，在厨房光秃秃的灯泡下，我跪在你身旁，看

你稳稳当当地拿着一瓶粉色的指甲油，用长长的笔触精准地抚平了自行车上的金属伤疤。

"医院给我开了一瓶药，我吃了一个月，为了保险起见。一个月后，按理我就可以把那个排出来了——他，我是说他。"

我想离开，想让她住口。但坦白的代价，我了解到，就是你会得到回答。

吃了一个月的药，他本应已经走了，但你感觉到他戳了一下你的肚子。他们把你火速送往医院，这次直接进了急诊。"他们推着我经过那些灰色的房间时，我能感觉到他在踢我。医院里还弥漫着战争时期遗留下来的烟味和汽油味，墙上的油漆也脱落得斑驳不堪。"

在你大腿中间打了一针奴佛卡因之后，护士便拿着一个长长的金属工具，就那么"给木瓜去瓤一样，把我的宝贝挖了出来"。

但就是这个稀松平常的画面让我感到无法忍受，因为我已经无数次见你这么处理木瓜，用勺子往肉黄色的瓤里一掏，一坨黑色的种子便扑通掉到不锈钢水槽里。我把白卫衣的帽子拉过头顶。

"我看见他了，小狗。虽然只是瞥了一眼，但我看见我的小宝宝了。一团模糊的褐色被扔进桶里。"

我伸出手，隔着桌子摸了摸你的胳膊。

这时，扬声器里传来一首贾斯汀·汀布莱克的歌，颤巍巍的假音在咖啡订单间蜿蜒而过，咖啡渣在橡胶垃圾桶中噔噔震动。你看看我，又看向远方。

目光回到我身上之后，你说："在西贡时，我第一次听到了肖邦。你知道吗？"你用越南语解释道，但语气突然轻柔、缭绕。"我那会儿应该六七岁。街对面住着一位钢琴家，在巴黎受过训练。他把自己那架斯坦威放在庭院里，晚上敞着大门演奏。他有一只小黑狗，大概这么高。他弹琴的时候，那狗就会站起来跳舞。小树枝一样的腿卷起一圈圈的尘土，但他从来不看狗在干什么，只是闭着眼弹琴。那是他的力量。他并不在意自己用双手创造出来的奇迹。我坐在路边，以为我在目睹什么魔法：音乐把动物变成了人。我看着那条狗，看着它挺起肋骨，和着法国音乐跳舞，就觉得万事皆有可能。真的。"你双手合十放在桌上，似乎既伤感又焦灼，"就算那个人停下来，走到狗面前，那狗摇着尾巴，一口吞下他赏的零食，证明了那只狗之所以能学会人的技能，是因为饥饿而不是音乐之后，我也依然相信，相信万事皆有可能。"

雨很听话，又大了起来。我往后一靠，看着它弯曲了窗户。

有时，当我满不在乎的时候，我会以为活着很容易：你只需要靠着你拥有的东西，或者说别人给予你的东西中还剩的那些，一直向前，直到发生变化——或者你最终意识到，你可以在不消失的情况下改变，你唯一要做的就是等着暴风雨过去，然后发现——是的——你的名字仍然依附在一个活物之上。

我们在唐恩都乐的交谈过去几个月之后，越南乡下一名十四岁少年被泼了硫酸，因为他往另一个男孩的锁柜里塞了封情书。去年夏天，二十八岁的佛罗里达人奥马尔·马廷走进奥兰多的一家夜店，举起自动步枪，打死了四十九个人。那家夜店是个同志酒吧，死者都是男孩——事实确实如此，是十几岁的少年，是他人之子——他们跟我很像：肤色很深，只有个妈妈，在黑暗中摸索着，寻找快乐。

有时，当我满不在乎的时候，我会以为伤口也是皮肤与自己重逢的地方，两边互相询问，你去哪儿了？

我们去哪儿了，妈？

胎盘平均重约零点六八千克。这个一次性器官的作用是在母亲和胎儿之间传递营养物质、激素、排泄物。从这个角度来说，胎盘也是一种语言——或许还是我们的第一语言，

我们真正的母语。四五个月时，我哥哥的胎盘已经发育完全。你们俩已经在说话——用血语。

"他来找过我，你知道吧。"

外面雨停了，天空像个空碗。

"他来找你？"

"我的孩子，给我托梦了，去医院一周之后。他坐在我家门口。我们互相看了会儿对方，然后他转过身，沿着小巷走了。我觉得他就是想看看我长什么样，他妈妈长什么样。我那会儿还是个少女。我的天……我的天，我那时才十七岁。"

有位大学教授讲《奥赛罗》时曾闲扯道，在他看来，男同性恋本质上很自恋，公然的自恋情结甚或可以表明那些尚未接受自身"取向"的男性有此倾向。虽然我在座位上气得冒烟，但他这个想法却不停往我心里钻。难道许多年前我在学校操场上跟着格拉莫兹，仅仅是因为他是男孩，故而是我的一面镜子？

若真是如此，又何尝不可？或许我们照镜子不只是为了寻找无比虚幻的美，而是不论事实如何，都想确认我们依然在此，确认我们所居的那具疲惫不堪的身体还未被毁灭、被掏空。看到你还是你，是一种慰藉，那些没有被否定过的人

无法理解这点。

我曾读到，美历来需要复制。看到什么具有美感的东西，且不论是花瓶、油画，还是酒杯、诗歌，我们都会想要更多。我们复制某物是为了保留它，通过空间和时间来延续它。凝视那些赏心悦目的事物——一幅湿壁画、一条桃红色的山脉、一个男孩、他下巴上的痣——本身便是复制，用眼睛来扩展那幅景象，使之充分利用，使之长久留存。望着镜子，我把自己复制到了未来，一个我可能已经不在的未来。是的，许多年前，我想从格拉莫兹得到的并不是比萨百吉饼，而是复制。因为他给我的东西把我扩展为了某种有资格接受慷慨的人，被看见的人。我想要延长、想要继续的，正是那些多出来的。

妈，逗号看起来像个胎儿，并非偶然——一条继续的曲线。我们都曾经在母亲的体内，用我们全部弯曲、沉默的自我，说着更多，更多，更多。我想坚持认为，我们活着本身就足够美，值得复制。所以又怎样？就算我这一生的成就仅仅是更多的人生，又怎样？

"我要吐了。"你说。

"什么？"

"我要吐了。"你慌忙起身，冲向卫生间。

"我的天，你真的要吐啊。"我跟在你后面说。进了卫生

间，你跪在唯一的马桶前，立即吐了。虽然你的头发缩成了小圆髻，但我还是跪下来，用两根手指托住你的三四绺散发——基本上等于做做样子。"没事吧，妈？"我冲着你的后脑勺问。

你又吐了一次，后背在我的手掌下抽搐着。直到这时，我才看到你头旁边有个小便斗，里面落满了阴毛，然后意识到我们进的是男厕。

"我去买点儿水。"我拍拍你的背，站起身。

"不要，"你叫道，脸憋得通红，"柠檬水。我要柠檬水。"

我们离开唐恩都乐时，揣着对彼此的新了解，心里更沉重一些。但你不了解的是，事实上我曾经穿过一次裙子——也还会再穿。几个星期前，我穿着一条酒红色的裙子，在一座老旧的烟草大仓中跳舞，而我的朋友，一个眼睛受伤的瘦高男孩，就在一旁晕晕乎乎地看着。裙子是我从你衣橱里找来的，就是你为了自己三十五岁生日买回来但从没穿过的那条。我们打开手机的手电筒，把它们放在落满死蛾子的地上，我在轻薄的布料中转着圈，崔福蹲在一摞轮胎上抽着大麻，时不时给我鼓掌，我们的锁骨被照得分外显眼。在那座大仓里，我们几个月来第一次没有感到害怕什么人——甚至是我们自己。你开着丰田车往家走，我在身旁默默无语。高速路两旁的树木还在金属般的黑暗中滴水，看情况，晚上还会下

雨，经过一夜的雨，整个城市都会被洗刷一新。吃晚饭时，我把椅子往里拉了拉，摘下我的连衣帽，几个星期前卡在里面的一根干草，现在扎在我的黑发中。你伸手把它弄掉，望着这个你决定留下的儿子，摇了摇头。

客厅里充满了讨厌的笑声。一台微波炉大小的电视机正在放情景喜剧，里面那种廉价、编造的快乐无人相信，除了崔福他爸，或者更确切地说，不是信，而是接受。他在躺椅上咯咯笑着，腿上那瓶金馥力娇酒看着像是动画片里的水晶。他每举起一次，里面的棕色液体就下去一些，到最后，只剩下电视投出的那些扭曲的色彩，透过空瓶子闪来闪去。他的脸很胖，头发很短，而且即便在这个时间，也抹着护发油，看起来像去世当天的猫王。他光着脚，脚下的地毯已经铺了很多年，磨损得像泄漏的石油一样乌黑发亮。

我们在他身后，坐在一张用报废的道奇牌面包车座椅改造成的沙发上，边共享一大瓶雪碧，边傻笑着给一个我们永远不会见面的温莎男孩发信息。即使在这儿，我们也能闻到他身上散发着浓浓的酒气和廉价雪茄味，但我们假装他不

在场。

"笑吧，笑吧。"崔福他爸几乎没动，但声音轰隆而来，我们通过座椅都能感觉到。"继续啊，嘲笑你爸。你们笑起来就像海豹。"

我端详着他的后脑勺，只见他一动不动，电视机的光绕着他的脑袋，投出一个苍白的光晕。

"我们没笑你，大哥。"崔福皱着眉头，把手机放到兜里，双手仿佛被人从膝盖上推了下去，耷拉到身侧，然后他对着椅背瞪了一眼。从我们坐的地方，只能看到他爸脑袋的一部分，一把头发和一点脸颊，跟切成片的火鸡肉一样白。

"你现在都叫我大哥了？长大了，是吧？你觉得我脑子不好使了，其实没有，孩子。我能听得见，也能看得见。"他咳嗽几声，喷出一阵阵酒气，"别忘了，我当初可是海洋世界最好的海豹训练师。一九八五年，奥兰多，你妈坐看台上，被我的训练节目迷得神魂颠倒。我的海豹突击队。我是海豹将军。你妈就这么叫我的。将军。我说笑，它们就得笑。"

电视上正在叽里哇啦地播广告，推销一种可充气圣诞树，放了气能塞进口袋里。"谁有病啊？口袋里装着圣诞树到处走。真受不了这个国家。"他把头转向一边，在脖子后面挤出了第三个肉褶子，"喂——那小子跟你在一起吗？那个中国小孩，是吧？我就知道。我听见他了。他不说话，但我能听

152

见。"他猛地伸起一条胳膊，我透过沙发的靠枕感到崔福抖了一下。他爸拿起那个早就空了的瓶子，又喝了一口，还擦了擦嘴。

"你叔叔詹姆斯。你记得詹姆斯吧？"

"嗯，有印象。"崔福不情愿地答道。

"你说啥？"

"是的，先生。"

"这才对。"他爸瘫在椅子里，头发闪闪发亮，身上的热气似乎在向四周辐射，弥漫在空气中，"好人，硬骨头，你叔叔。硬骨头，有本事。在丛林里把那些人打得落花流水，给我们立了大功。他烧死过人。你知道吗？崔儿。真有这么回事。"他又回到了之前一动不动的状态，只有嘴在动，没有牵扯到脸的其他部分："他跟你说过吗？用汽油在壕沟里烧死了四个。他在自己的新婚夜告诉我的，你敢相信吗？"

我瞥了崔福一眼，但只看到他的后颈，因为他把头埋到了两膝中间，肩膀摇来晃去，正狠狠地系鞋带，鞋带的塑料绳花瓣里啪啦地从靴子的鞋眼里穿进穿出。

"但现在都变了，我知道的。我不傻，小子。我知道你也恨我。我懂。"

[电视中的笑声]

"两个星期前见过你妈。把温莎洛克斯的储存库钥匙给她

153

了。不知道她弄个家具为什么会花那么久。在这方面，我觉得俄克拉何马州真不怎么样。"他顿了顿，又拿起空瓶子喝了口空气，"我把你养得不错，崔福。这一点我敢说。"

"你闻着像屎。"崔福的表情很冷酷。

"你说啥？我说——"

"说你闻起来像屎，老兄。"崔福的脸被电视的光照得发灰，但脖子上的伤疤还是暗红色，完全没变。那个疤是他九岁时留下的。他爸在盛怒之下，举着射钉枪朝前门开了一枪，结果钉子被弹回来。他告诉我，鲜红的血到处都是，好像六月过圣诞。

"你听见了。"崔福把雪碧放在地毯上，拍拍我的胸，示意我们要走了。

"你现在敢这么说话？"他爸语无伦次地说道，但双眼还盯着电视。

"你能咋？"崔福说，"来，你动手啊，让我也烧一下。"他朝躺椅迈了一步，显然有什么事是我不知道的。"好了没？"

他爸喘着粗气，但没动窝儿。房子其他地方又黑又安静，仿佛入夜后的医院。过了一会儿，他说话了，声调奇高，语气哀怨。"我做得很好，宝贝。"他不停摆弄着扶手，情景喜剧里的人在他油滑的头发上方动来动去。

我恍惚看到崔福点了一两下头，但也可能是电视的光制造了错觉。

"你就跟詹姆斯一样。没错。我知道。你会烧人，会把人都烧掉。"他爸的声音有些颤抖，指指走廊里的一张海报，"看见没？那是尼尔·杨。传奇。斗士。你喜欢他吧，崔儿。"门在他对面轻轻合上。外面寒气逼人，我们快步朝自行车走去，他爸还在我们身后含混不清地嘀咕什么。

道路在我们的车轮下向后奔去。我们没有说话，头顶的枫树一动不动，被钠灯照得一片通红。摆脱了他爸的感觉真好。

我们沿着康涅狄格河骑行。夜幕已经降临，月亮高悬在橡树之上，在反常的暖秋之中，橡树的边缘看起来有些朦胧。我们右手边上的河里翻滚着白色的浮沫。如果两三个星期没下雨，偶尔会有尸体从河底浮上来，惨白的肩膀轻拍着河面。正在沿岸野炊的家庭看到后会停下手，孩子们会变得安静，然后有人会开始大喊"我的天，我的天"，有人会打911。有时候是虚惊一场，只是生了锈的冰箱被地衣盖满后，看起来像棕色的脸。有时候就是死鱼，几千条鱼不明原因地翻了白肚皮，一夜之间，河面随光线不同而变得色彩斑斓。

我看到了这座城市里所有那些你因为忙着工作而无暇知晓的街区，那些有事发生的街区。崔福一生都生活在白人聚

居区，在河的这边，也就是我正骑车经过的地方，但有些东西就连他都没见过。我看到了疯人院大道上的灯。那里曾经有座疯人院（实际上是聋哑学校），但在一八几几年的时候发生了火灾，一半学生遇难，而且失火原因至今没人知道。不过对我来说，这条街就是我朋友希德和家人一九九五年从印度移民过来之后所住的街道。他妈妈以前在新德里的时候是个老师，到这儿之后，只能靠着两只因为糖尿病而浮肿的脚，一瘸一拐、挨家挨户地推销猎刀维生，每周平均能赚到九十七美金。卡尼诺兄弟也在这条街上住过，他们的父亲因为在91号公路上限速六十五英里的路段开到了七十英里，被州警察逮个正着，而藏在副驾驶座位下面的二十包海洛因和一把格洛克手枪也被查了出来，结果被判几乎接近两个终身监禁的刑期。可又能怎样。还有玛琳，每天要坐四十五分钟的公交去法明顿的西尔斯百货上班，平时脖子上、耳朵上总是金光灿灿，去街角便利店买烟和辣奇多时，高跟鞋踏出来的声音仿佛是最缓慢、最从容的鼓掌，还有她喉结十分明显，有人骂她是*同性恋*，是*阴阳人*时，她就对他们竖中指。而那些人即使正牵着女儿或儿子的手，也会说："我要杀了你，婊子，我要把你剁了。艾滋病会把你干掉。今晚别睡，今晚别睡，今晚别睡。别睡。"

我和崔福还经过了新不列颠大道上的廉租公寓楼。我们

曾在那里住过三年，我会骑着那辆装有辅助轮的粉色自行车，在铺了油地毡的走廊里来来回回，否则附近那些孩子会因为我喜欢粉色的东西而打我。我每天大概会在走廊里骑上一百个来回，每次碰到墙时，小车铃都会叮当响。住在最后那间公寓的卡尔顿先生每天都会跑出来吼我："你谁啊？在这儿干什么？为什么不去外面骑？你是谁？你不是我女儿！不是戴斯特妮。你谁啊？"不过所有的一切，包括整栋楼，现在都没了——已经被基督教青年会取代——就连原来的停车场（没人在里面停车，因为大家都没车），以及里面那些一米高的杂草也没了，早被推土机铲平，并改造成了一座社区花园，里面的"稻草人"都是由布什内尔附近的一元店扔掉的人体模型改造而成的。人们现在游泳、打手球的地方，是我们原来睡觉的地方。人们正在游蝶泳的那块儿，曾经摆着卡尔顿先生的床。他后来在上面孤独死去时，没有人知道；过了几个星期，整层楼都开始臭气弥漫，反恐特警（不知道为什么会叫他们来）才端着枪破门而入。之后的一个月中，卡尔顿先生的东西都被堆到了楼后一个巨大的铁垃圾箱里。下过雨之后，一只手工上色的木制小马吐着舌头，从垃圾箱顶部探出头来。

崔福和我一直骑，经过了教会街，也就是大乔的妹妹曾经用药过量的地方，然后去了超大号情爱仓库后面的停车场，

也就是萨莎曾经用药过量的地方，还有杰克和 B-拉伯曾经用药过量的那个公园。B-拉伯被救活了，但很多年之后，因为在三一大学偷盗笔记本电脑，被判蹲了四年的县监狱，还不得假释——算是重刑了，尤其是对于一个生活在城郊的白人少年而言。再就是纳秋，在海湾战争中丢了右腿，周末时你去美贝尔汽车维修店，会看到他正躺在滑板上，钻到千斤顶撑起的汽车下工作。有一次下大暴雪，他从停在店后面的尼桑车后备厢里，救出一个小脸通红、不停哭叫的可爱宝宝。他用双手把孩子抱到怀里时，竟顾不上双拐已经倒在一边，多年以来第一次凭着空气支撑住自己的身体。白到发亮的雪落在地上，又被吹回空中，以至于有一个小时，这白茫茫一片让人感到幸运，让城市里的每个人都忘了自己为什么要努力离开这里。

还有富兰克林大道，我就是在那条街上的莫奇卡托烘焙店，第一次吃到了奶油甜馅煎饼卷。在那条街上，我认识的一切都没有消失。某个夏夜，我坐在公寓第五层的窗口往外看，空气像现在这样温暖、清新；年轻的情侣们窃窃私语，他们脚上的匡威和空军一号运动鞋在防火梯上踢来蹬去，他们的身体在努力用别的语言交流；火柴的声音，以及外形和光泽像极了 9 毫米手枪或柯尔特点 45 喷出的火焰——我们就是这样把死亡变成了笑话，将火焰变成了卡通片里的雨滴那

么大，通过小雪茄烟将它们吸过来，像神话一样。因为到最后，河水会在这里涨起并泛滥，像往常那样夺走一切，让我们知道自己失去了什么。

自行车轮的辐条嗡嗡转动。污水处理厂的污物气味刺痛了我的双眼，但马上就被风刮到了我身后，如同死者的名字被吹到我身后一样。

我们经过处理厂，将它甩在身后。辐条带着我们深入了城郊。骑到东哈特福德的路上后，森林大火的烟气从山上飘下来，呛得人精神一振。我骑在崔福后面，望着他的背影，以及他身上那件褐色的联合包裹（UPS）工作服。他爸在那儿上了一个星期的班，便被炒了鱿鱼，原因是他在工间休息时喝了六罐啤酒，到睡醒时，周围的那堆纸箱子已经在月光下泛着紫色，时间已近午夜。

我们沿着主街一路骑行，来到可口可乐的装瓶厂门前，看到厂房上面闪耀的巨型霓虹灯标志后，崔福喊道："去你的可口可乐！今生只喝雪碧，他妈的！"他回头忘了我一眼，笑声时断时续地传过来，我也附和道："就是！去他妈的！"但他没听见。

街灯渐渐变少，人行道连到了一条长满草的路肩上，也就是说我们要开始爬坡，进入豪宅区了。很快，我们就深入到了南格拉斯顿伯里的郊区，房中的灯开始出现，起初只是

如橘黄色的火星一般在树木之间闪过，但随着我们越来越近，这些光变成了一张张宽大、厚重的金片。那些房子的窗户都没有装铁栏，窗帘也大敞着，所以里面可以一览无余。即使站在街上，你也能看到那些光彩熠熠的枝形吊灯、餐桌、五颜六色以装饰玻璃为灯罩的蒂芙尼台灯。那些房子真是太大了，大到你即使挨个儿从每个窗户往里看，都看不见一个人。

我们沿着陡峭的山路往上爬，星光暗淡的天空渐渐开阔，树木慢慢往后退去，那些宅邸之间的距离也越拉越远。有对邻居中间隔着一个果园，里面的苹果已经烂在地上，根本没人摘。有些苹果滚到了街上，被过往车辆压裂、碾碎，变成了褐色的泥。

我们已经筋疲力尽，便停下来，在其中一座山顶上休息。月光打量着我们右边的那个果园，苹果在树枝间闪着微光，四下时不时能听到它们掉落的闷响，肺里满是甜中带臭的发酵味。路对面的橡树林深处，看不见的树蛙正刺耳地叫着。我们把自行车扔在一旁，并排坐到了路边的木栏杆上。崔福点起一根烟，闭着眼抽了一口，然后把闪着红光的烟头递到了我的手指间。我吸了一口，却咳嗽起来，因为骑了很久的车，口水现在有些浓稠。烟雾温暖了我的肺，我的目光落在了眼前小山谷中的几座豪宅上。

"他们说雷·阿伦住这块儿。"崔福说。

"打篮球的那个是吧？"

"曾经为康大校队效力——这哥们儿在这儿可能有两栋豪宅吧。"

"也许他就住那栋。"我用香烟指了指山谷边上唯一一座没有亮灯的宅子。若没有边缘那些白色的装饰衬托——看起来像极了某种史前生物的骨架——你几乎都看不见那座房子。或许雷·阿伦不在家，我心想，忙着在美职篮（NBA）打球，顾不上回来住。我把烟递了回去。

"如果雷·阿伦是我爸，"他盯着那座如骨架一样的宅子，"那就是我家了，你可以随时过来住。"

"你有爸爸啊。"

他把烟一弹，看向别处。烟头飞出去，掉在路上，碎成一小条橘黄色的光，然后慢慢灭了。

"忘了那个人吧，小兄弟，"崔福看着我，温柔地说，"他不值当。"

"值当什么？"

"为他生气呗。啊——赚了！"他从外套口袋里掏出一小块士力架巧克力棒，"从去年万圣节前夜装到了现在。"

"谁说我生气了。"

"他就是有毛病，你明白吧？"他拿士力架指指脑袋，"一喝酒就那样。"

"是吧，我猜是。"树蛙似乎跑远了，叫声小了些。

某种沉默在我们之间变得刺耳。

"哎，别在那儿一言不发了，哥们儿。那样太娘了。我是说——"他懊恼地叹了口气，又咬了一口士力架，"要吃吗？"

我张开嘴，意思是想吃。他掰下拇指大小的一块，放到我舌头上，然后用手腕擦了下嘴，看向别处。

"我们走吧。"我边嚼边说。

他张口还想说什么，牙齿在月光下看起来像灰色的药片，但听到我那么说，便站起来，踉跄着朝自行车走去。我也扶起我的车，发现车架上已经沾满露水。而且就在这时，我也看见了那幅景象。确切地说，是崔福先看见的，然后轻轻倒抽了一口气。我转过身，和他一起靠在自行车上，站在原地。

山下的哈特福德就像一团光在有力地跃动着，我以前从未意识到它还拥有这样的力量。或许因为我当时能一清二楚地看到他在呼吸，我想象着氧气经过他的喉咙，进入他的双肺、支气管和血管之中，运行到所有我永远不会见到的地方，所以我在他去世很久之后，还常常回想起这条生命最基本的度量。

但就现在而言，整座城市在我们面前闪着一种奇异又稀有的光芒——仿佛那并不是一座城市，而是什么神灵在我们

头顶打磨兵器时擦出的火花。

"该死的。"崔福小声骂了一句，又把双手插在兜里，往地上吐了口痰。

"该死的。"

整座城市都在悸动、闪光。接着，他似乎想让自己回过神来，骂了一句："去你的可口可乐。"

"对，今生只喝雪碧，他妈的。"我补了一句——直到后来我才知道：可口可乐和雪碧都是同一家公司生产的，无论你是谁、喜欢什么或者站在哪边，笑到最后的还是可口可乐。

崔福有生锈的卡车，但没驾照。

崔福十六岁。蓝牛仔裤上沾满了一道道鹿血。

崔福太快，又不够快。

崔福站在车道上，挥舞着他那顶上面绣有约翰迪尔的帽子，向正骑着那辆吱吱呀呀的施文自行车经过的你打招呼。

崔福曾经用手指捅一个高一女生，然后把她的内裤扔到湖里，只为取乐。

为了夏天。因为你的双手

潮湿，崔福的名字仿佛一台在夜里启动的引擎。他偷偷溜出去，见你这样一个男孩。黄皮肤，没有存在感。崔福开着车，以时速五十英里在他父亲的麦田中飞驰。他把薯条都塞到了巨无霸里，边吃边把两只脚都踩在油门上。你闭着眼，坐在副驾上，麦田像黄色的纸屑。

鼻子上的三颗雀斑。

男孩句子的三个句点。

崔福爱汉堡王胜过麦当劳，因为牛肉上的烟熏味说明它很正宗。

崔福闭着眼，用力吸，龅牙在吸入器上磕出了响。

崔福说*我最喜欢向日葵，因为它们长很高。*

崔福脖子上有个像逗号的疤，表示着接下来是什么接下来是什么接下来是什么。

想象一下，长那么高，还能开那么大。

崔福一次给猎枪装两颗红子弹。

也算是勇敢吧，我觉得。就好像你长了个大脑袋，里面都是种子，但没有胳膊，无法保护自己。

他举起结实、精瘦的胳膊，在雨中瞄准。

他摸摸扳机的黑舌头，你发誓，扳机被扣动时，你嘴中仿佛尝到了他

手指的味道。崔福指着那只仅剩一个翅膀、在土里挣扎的麻雀，将它

视为某种新的东西。像个词在闷燃。像个崔福

在凌晨三点敲你的窗户，你以为他在笑，结果发现是他嘴里叼着把刀。他说，我做的，给你做的，那刀突然就到了你手里。之后，在灰蒙蒙的黎明中，

崔福坐在你家的台阶上，脸埋在臂弯里。他说，我不想。他喘着粗气。他甩着头发。一片模糊。求你告诉我，说我不

是。他把指节掰得啪啪响，好像在说"但但但"。你退后一步。求你告诉我，说我不是，我不是

基佬。我是吗？是吗？你是吗？

崔福是猎手。崔福是食肉动物，是红脖子[①]，不是

娘娘腔，是枪手，枪法好，不是疯子或仙女。崔福吃肉，但不吃

小牛肉。永不吃小牛肉。去他的，永远不吃。因为他七岁时，他爸在餐桌旁，给他介绍撒着迷迭香的烤小牛肉，是怎么做的，小牛肉和牛肉的区别就是牛犊。小牛肉来自牛的

孩子，是牛犊的肉。它们被关在和它们一样大的箱子里。装身体的箱子，像个棺材，但又活着，像个家。孩子们，牛犊们，一动不动地站着，因为肉的软嫩取决于你与世界的接触有多少。要想嫩，你生命的重量就不能压在骨头上。

我们就喜欢吃嫩的，他父亲说，冷漠地盯着

---

① 红脖子（redneck），指美国南方乡下白人。——编者注

崔福的双眼。崔福永远不会吃孩子的肉。崔福还是个孩子，脖子上有个像逗号的疤。你现在把嘴

放在那个逗号上。那个紫色的钩上挂着两个完整的思想，两个没有主语的完整躯体。只有动词。当你说崔福的时候，你说的是行为，是沾着松油的拇指压在比克打火机上，是他靴子踩在

洒满阳光的雪佛兰车盖上的声音。那个潮湿的活物被拖到他身后的卡车车厢里。

你的崔福，你那个头上长着褐色头发但胳膊上长着金色汗毛的男人，把你拉到卡车里。当你说崔福的时候，你说的是，你是被捕猎的猎物，一个他无法拒绝的伤痛，因为那还算不错，宝贝。那是真的。

而你想变真实，想被吞噬，被只把你淹到表面、满到嘴边的东西吞下。也就是接吻。

如果你忘了

那就什么也不是。

他的舌头在你的喉咙里。崔福替你说话。他说话，你变暗，如他手中一支正在暗下去的手电筒，于是他敲敲你的头，让灯继续亮。他把你照向这边或那边，在黑暗的树林中寻找道路。

黑暗的话语——

如身体一样，有其局限。就如牛犊

正在棺材房子里等待。没有窗——只有一条透气的缝。粉色的鼻子贴在秋夜上，吸着气。除草剂的臭味，柏油和碎石路，树叶在篝火中发出粗糙的甜味，分分钟，距离，母亲的粪便就在一片田野之外。

三叶草。黄樟树。花旗松。苏格兰桃金娘。

男孩。机油。身体，填满了。你的饥渴溢出了盛放它的容器。你的毁灭，你以为会滋养他。他可以大快朵颐，长成一只可让你藏身其中的巨兽。

但假以时日，假以语言，每个箱子都会被打开。线断了，

就像崔福盯着你看了太久，说着，我在哪儿？我在哪儿？

因为到这时，你已经满口是血。

到这时，卡车已经撞上了黄昏中的橡树，引擎盖下冒着烟。脑壳很薄的崔福，满口酒气地说，感觉真好，哪儿都别去，

望着太阳隐没在树林中。感觉不好吗？车窗变红了，仿佛一个人闭上眼时看到的那种红。

两个月没联系之后，崔福给你发了条信息——

写的是 *please*，而非 *plz*。

崔福离家出走了，要离开他爸。要离开这一切。李维斯牛仔裤已湿透。他跑到了那座公园。毕竟，十六岁的人能跑到哪儿？

你在雨中找到了他。他正在金属滑梯下面，滑梯像只河马。你脱下他冰冷的靴子，用嘴亲吻着他一个个如地面一样

冰冷的脚指头，就像你母亲在你小时候冷得发抖时亲你的脚指头那样。

因为他在发抖。你的崔福。你那如牛一样健壮的典型美国男孩，但不是牛犊。你的约翰迪尔。下巴上青筋暴起，像静止的闪电，你用牙齿追踪着它们。

因为他的味道像河流，或许你离沉下去，只差一个翅膀。

因为牛犊在笼子里静静等待

成为小牛肉。

因为你记得

记忆是第二次机会。

你俩躺在滑梯下：像两个逗号，但没有话语在中间把你们隔开。

你从夏日的残骸下爬出来，仿佛儿子离开母亲的身体。

箱子里的一头牛犊，在等待。一个比子宫还逼仄的箱子。雨落下来，砸在金属上，仿佛引擎发动的声音。夜晚立在紫色的空气中，一头牛犊

在里面动来动去，蹄子如橡皮擦一般柔软，脖子上的铃铛响啊

响。箱子上的人影子慢慢变大。那人拿着钥匙，是门的逗号。你在崔福的胸口听着。牛犊被绳子牵着，停下来

吸气，鼻子抖动着，吸进令人眩晕的黄樟树气味。崔福在你身旁

睡着了。呼吸均匀。雨。温暖透过他的格子衬衫冒出来，仿佛热气从牛犊的胁部散出来，你隔着星空下的田野

倾听那铃声，像刀一样发亮的声音。

那声音深埋在崔福的胸膛中，你听着。

那铃声。你像只想学说话的动物那样

仔细聆听。

三

我正坐火车离开纽约。我的脸映在车窗上，不让我走，一直浮在被风侵袭的城镇之上。火车飞驰着掠过一座座停车场，里面的汽车和拖拉机已经拆得只剩骨架，全部锈迹斑斑；掠过人家的后院和一堆堆烂掉的柴火，那些油腻腻的柴堆变软后，从铁丝网围栏的格子中挤出来，又重新变硬；掠过一座又一座仓库，外墙上画满了涂鸦，被白漆盖住后，又有新的涂鸦占满，窗户已经被打碎很久，正下方的地上已经没有碎玻璃，你的目光可以穿过那些窗，再穿过空旷阴暗的内部，看到另一侧的天空，那边的墙已经没了。过了布里奇波特之后，你还会看到一个足足有两个足球场那么大的停车场中间，有一座木板房，黄线一直延伸到破破烂烂的门廊那里。

　　火车飞奔着经过这些城镇。我对它们的认识，全部来自那些离开它们的人，包括我在内。康涅狄格河上的光，是这

个阴云密布的下午最明亮的东西。我在这趟火车上，是因为我要回哈特福德。

我拿出手机，不出所料，满屏都是短消息。

你听说崔福的事儿没

上脸书

跟崔福的卡车有关

他妈的，太可怕了，你要愿意可以直接打我电话

我刚看到。妈的

我给阿什利打电话再确认一下

让我知道你有事没

星期天葬礼

这次是崔福？我就知道

不知为何，我给他发了条信息——"崔福，对不起，回来吧"，然后便关了机，怕他会回复。

火车到达哈特福德的联合车站时，已经是晚上。我站在满是油污的停车场里，看着周围的人顶着毛毛雨，匆匆走向正等着拉客的出租车。时间距崔福和我认识，距我们在大仓

里用收音机听爱国者队的比赛，距军用头盔放在满是灰尘的地板上，已经过去了五年零三个月。我一个人站在遮雨棚下等大巴来，然后载着我过河，回到那个还有关于崔福的一切但已经没有崔福的城市。

我没跟任何人说我要回来。手机上看到他爸在崔福账号上更新了一条动态时，我正在布鲁克林的某城市学院上有关意大利裔美国人的文学课。前一天晚上，崔福过世了。那条动态说，*我被断成了两半*。两半，我在座位上，满脑子都是这个，失去一个人会怎样把我们许多人——活着的人——变成两半。

我抓起书包便离开了教室。教授当时正在分析彼得罗·德·多纳托（Pietro di Donato）的作品《混凝土中的基督》中的一个段落，她停下来看了我一眼，想得到解释。我飞奔着离开了大楼。她继续讲，声音在我身后越变越小。我沿着东区，一路走到了上城，跟着6号线地铁到达中央车站。

是砸开——对，这才更贴切——不是断成了两半，而是*我现在被砸开了*。

公交车里的灯光让人觉得，这车好像是间正在湿漉漉的大街上滑行的牙医诊所。我后面的女人说着海地口音很浓的

法语，时不时咳嗽几声。她身旁坐着一个男人——丈夫，兄弟？——很少答话，偶尔回一句"嗯啊"或者"好，好"。上高速路以后，十月的树木模糊着向后退去，枝丫划过紫色的天空。在树木之间，无声的城镇被雾笼罩着，路灯的柱子仿佛飘在空中。我们过了一座桥，一家路边加油站的霓虹灯闪得我头疼。

公交车里重新黑下来后，我低头盯着大腿，又听到了他的声音。*你应该留下*。我抬起头，看到他那辆卡车顶棚的布破了，里面黄色的海绵从破口翻了出来，我现在回到了副驾驶的座位上。此时是八月中旬，我们把车停在了维瑟菲尔德的城界餐馆。周围是一片暗红色，但也或者只是我记忆中与他有关的傍晚都是这个样子，被重击过的颜色。

"你应该留下。"他望向停车场的尽头，脸上还挂着黑渍，那是在希伯伦的鹏斯公司上班时沾的机油。但我们都很清楚，我要走了。我会去纽约，上大学。我们这次会面就是为了告别，或者说只是肩并肩坐着，露个面、待一起——据说男子汉就该这样告别。

我们本来要去小餐馆吃华夫饼，说是"为了旧日的情分"，不过到了之后，我们都没下车。餐馆里，有个卡车司机正独自吃一盘鸡蛋，另一边有对中年夫妇坐在小隔间里，放声大笑，双臂在超大份的三明治上方乱舞。一位女服务生在

两桌间来来回回。雨下起来之后，玻璃模糊了他们的模样，只留下影子和颜色，仿佛是印象派油画。

"别害怕。"他望着餐馆里那些发光的人影，温柔的语调将我定在座位上，定在那座被雨冲刷的城市里。"你很聪明，"他说，"在纽约一定会出人头地。"他的声音有些拖延，这时我才意识到他已经嗨了，才注意到他上臂上的瘀青，被针扎过的地方可以看到肿胀、发黑的血管。

"好。"我说，仿佛是同意接受什么任务，"好的，崔福。"女服务生站起身，给卡车司机加了点热咖啡。

"他们都那么老了，还在努力呢。"他几乎笑起来。

"谁们？"我转头问他。

"那对夫妻啊。人家还在努力变幸福呢。"他说话有些不利索了，眼睛灰得像水槽里的水。"雨这么大，他们还出来吃饭，吃的还是湿乎乎的鲁宾三明治，还在努力把生活过好。"他朝空杯子里吐了口唾沫，简短又疲惫地笑了一下，"我打赌，他们一直在吃同样的三明治。"

我微微笑了笑——我也不知为什么。

他躺到座椅上，头歪向一边，挤出一个引诱的笑容。

"行了，崔儿。你抽了大麻。安静会儿，好不？"

"我以前特别讨厌你叫我崔儿，"他停下来，双手搁在大腿上，仿佛被挖出来的树根，"你觉得我很差劲吧。"

"没有。"我咕哝了一句，扭头靠在车窗上，望着自己的影子浮在停车场上面，被雨滴穿过，"我觉得你就是你。"

我并不知道，那将会是我最后一次见到他。餐馆的霓虹标志把他脖子上的那道疤照成了蓝色，再次看到那个小逗号，我把嘴贴过去，让我的阴影把疤痕拉宽，直到最后什么都不见了，只剩下我的嘴唇封住的一片宽阔又同等的黑暗。一个逗号被嘴巴天然制造的一个句号盖住了。是不是史上最悲伤的事，吗？逗号被迫变成了句号？

"哈喽。"他头也没回地说。我们认识不久之后便决定，由于我们的许多朋友都因过量服药而去世了，所以我们永远不会互道再见或晚安。

"哈喽，崔儿。"我努力克制着情绪，对着自己的手腕说。引擎突然震动，"突突突"响起来，我后面的女人又咳嗽了一声。我再次回到了公交车里，望着前面蓝色的座椅。

我在主街下了车，便径直往崔福家走。我走得很快，仿佛是我要去见自己，但迟到了，仿佛我在赶路。但崔福已经不是目的地。

我后知后觉地想到，没打招呼就出现在一个已经去世的男孩的家门口，其实毫无意义，迎接我的只会是他悲痛不已

的父亲。但我并没有停下脚步，走到哈里斯街和木兰街的交叉口时，不知是出于习惯还是着了什么魔，我转身走进公园，穿过了三个棒球场，靴子带起的新泥土散发着霉味，雨落在头发上，打在脸上，流到衬衫领子里。我快步来到公园的另一头，沿着街道走到一个死胡同里。里面的那栋房子看起来一片灰，几乎和雨融为一体，将边边角角揉进了天气之中。

我站在门口的台阶上，从包里掏出钥匙，用力推开了门。时间已近午夜。一袭暖意，混杂着旧衣物的甜味，从房中扑面而来。一切都很安静。客厅的电视开着，但被静了音，屏幕的蓝光洒在空空的沙发和一包吃了一半的花生上。我关了电视，来到楼上，走向卧室。门虚掩着，背后露出蛤壳夜灯的微光。我推开门。你正躺着，但不是在床上，而是在地板上。你把毯子折起来当垫子用，因为你在美甲店的工作，让你的腰部问题严重，床对你而言太软了，根本无法让你的关节在睡觉时保持原位。

我爬到垫子上，躺在你旁边。头发里的雨水滴下来，打湿了你的白床单。我面朝床，和你背对背躺下。你猛地惊醒了。

"怎么了？你在干什么？我的天，你湿透了……你这衣服，小狗……怎么了？出什么事了？"你坐起来，把我的脸捧到你面前，"你这是怎么了？"我摇摇头，傻乎乎地笑笑。

183

你掏了掏我的衣兜，又伸手到我衬衫下摸了摸，想寻找答案，寻找伤口。

你慢慢地侧身躺下，我们之间的距离如一扇窗玻璃那样又薄又冷。我扭过身去——虽然我最想做的事便是告诉你一切。

在这些时刻，躺在你身旁，我总会嫉妒语言可以做到我们做不到的事——只是站在原地，只是*存在*，便可讲述自身。想象一下，假如我只需要躺在你身边，我的整个身体，每个细胞，便可散发出一种明确、单一的含义，不是什么作家，只是一个词语压在你身旁。

崔福曾经跟我讲过一个词，叫"kipuka"（熔岩原孤丘），是他从布福德那儿听来的。在朝鲜战争期间，布福德曾随海军驻扎在夏威夷，那个词的意思是岩浆从山坡上流下来时没有破坏的一片地——经历过最小规模的世界末日后形成的一座小岛。在岩浆从山上流下来，烧毁沿路的苔藓之前，那一小片地根本微不足道，不过是无尽绿野中的一块碎片，直到经历过毁灭之后，才得到名字。和你躺在垫子上时，我禁不住希望我们能成为自己的熔岩原孤丘，我们自己的后果，清晰可见。但我知道不可能。

你把黏糊糊的手放在我的脖子上：薰衣草乳液。雨敲打着房子的排水槽。"怎么了，小狗？你可以告诉我。快点儿，

你搞得我很害怕。"

"我恨他，妈。"我用英语讲道，明白这可以将你我隔开，"我恨他，我恨他。"我哭了起来。

"别这样，我不知道你在说什么啊。啥意思？"

我往后伸出手，握住你的两根手指，将脸贴在床下那个黑暗的空隙中。在靠墙的那头，任谁都够不着的地方，一只袜子皱巴巴地瘫在一个空矿泉水瓶旁边，上面落满了灰尘。哈喽。

亲爱的妈——

我再来一遍吧。

我写信给你，是因为太晚了。

因为现在已经是星期二晚上 9:52，你应该刚结束最后一班的工作，正往家走。

我没和你在一起，是因为我在打仗。换言之，现在已经是二月，而总统想把我的朋友们都驱逐出境。很难和你解释清楚。

很长时间以来，我第一次想努力相信天堂的存在，当这一切都结束毁灭之后，我们可以一起在那儿相聚。

他们说每一片雪花都不同——但暴风雪仍然会盖住我们。挪威的朋友跟我讲了个故事，说有位画家冒着风雪，出门寻找浓淡合适的绿色，但再也没回来。

我写信给你，是因为我不是要离开的人，而是两手空空回来的那个。

你有一次曾问我当作家意味着什么。我现在告诉你。

我好几个朋友都死了。四个死于服药过量。要是算上泽维尔，就是五个了。他因为一块劣质芬太尼透皮贴而把他那辆尼桑开到了九十英里每小时，结果车翻了。

我已经不过生日了。

跟我绕远路回家吧。在胡桃街往左拐，你会看到波士顿市场，十七岁时（烟草农场之后），我曾在那儿干过一年。餐

厅那位福音派教会的老板——鼻子上的毛孔超级大，午饭时吃饼干溅出去的沫儿会卡在里面——从来不让我们休息。连上七个小时的班之后，饥肠辘辘的我会把自己锁在杂物间，拿出偷偷塞在统一发放的黑色围裙里的玉米面包，猛吃一通。

在我认识他的前一年，崔福在树林里骑着越野摩托车玩儿跨越时脚踝骨折，医生给他开了奥施康定。那年他十五岁。

一九九六年，奥施康定由普渡制药最先量产。那是一种阿片类止痛药，基本上相当于药片状的海洛因。

我从没想过创造什么"作品体系"，只想将这些，将我们的身体，呼吸着但下落不明的身体，在作品中保留下来。

要就要，不要拉倒。我是说体系。

在哈里斯街左拐，那年夏天在雷雨之中烧毁的房子，只剩下一块被铁丝网围着的土地。

最真实的废墟不会被写下来。外婆在鹅贡时曾认识一个女孩，她的凉鞋就是用一辆烧毁的军用吉普上拆下的轮胎剪

切而成的，离战争结束还有三个星期时，她被一场空袭擦除了——她的废墟，无人能指出在哪儿。没有地址的废墟，就像某种语言。

吃了一个月奥施康定后，崔福的脚踝愈合了，但他也彻底用药成瘾了。

在我们这个五花八门的世界里，凝视是一种独一无二的行为：看某样东西，便是用它填满你的整个生命，哪怕只是一瞬间。有一次，在我十四岁生日过后，在树林里的一辆废弃校车上，我蹲在座位间，用一条可卡因填满了我的生命。一个白色的字母I在座位剥落的皮革上闪着光。进入我之后，I成了一把匕首——有什么东西在撕扯。我的胃翻江倒海，但为时已晚。几分钟内，我成了更大的我。

事实是，我们没有谁是好到已经够好了。但这一点你已经知道了。

事实是，我来这儿是希望有个理由留下。

有时候，理由微不足道：就是你把spaghetti（意大利细面条）念成了bahgeddy。

时节已晚——意味着全国的河岸边已经盛开的冬蔷薇，是自杀遗书。

把那写下来。

人们说没什么能持续到永远，但其实他们只是害怕，怕某样东西持续的时间，要比他们爱它的时间更长久。

你在吗？你还在走路吗？

人们说没什么能持续到永远，而我现在就是以某个濒临灭绝的物种的口吻在给你写信。

事实是，我担心他们在*理解我们*之前，便把我们抓了起来。

告诉我哪儿疼。我向你保证。

在哈特福德时，我曾经夜里独自在街上瞎逛。睡不着的时候，我便穿上衣服，从窗户爬出去——然后随便走走。

有些夜里，我会听到动物在垃圾袋后面鬼鬼祟祟，或者头顶的风大得出乎意外，树叶突然哗啦啦落下来，视线之外的某棵枫树挥舞着树枝，传来刮擦的声音。但大部分时候只有我的脚步，和雨后水汽蒸腾的马路上，已有几十年历史的柏油散发出的味道，或在寥寥的星辰下，棒球场上弥漫的泥土气息，或站在公路的安全岛上，青草轻轻在我万斯鞋的鞋底上擦过的声音。

但有一天夜里，我听到了别的东西。

透过街边一间公寓黑洞洞的窗户，我听到了一个男人的声音，从抬升的语调判断，我明白他是在祈祷，仿佛舌头是一条特别小的手臂，能把词敬献上去。我坐在路边，想象着那个词悬在他头顶，等待着我预料中的叮当声轻轻响起。我希望那个词落下来，如断头台上的螺丝钉，但它没有。他的声音越来越高，我的手随之也越来越粉。我望着自己的肤色逐渐改变，直到最后抬起头，才发现天要亮了。祈祷结束时，我沐浴在了血色的晨光中。

我想相信，在那些漫无目的的深夜散步中，我也在祈祷。祈祷什么，我不是很确定，但我总觉得它就在我前面。如果我走得足够远，足够久，就能找到它——或许还能把它举起来，仿佛话说完时的舌头。

奥施康定（及同类的无商标药物）起初是为接受化疗的癌症病人研发的止痛药，但很快便成了所有身体疼痛的处方药了，用来治疗关节炎、肌肉痉挛、偏头痛等。

崔福喜欢《肖申克的救赎》、"快乐农场主"牌的糖果、《使命召唤》，还有他的独眼儿边牧曼迪。崔福有一次在哮喘发作之后，身体蜷成一团，大口喘着气说："我觉得我刚刚被一根看不见的棍棒杵嘴了。"我们俩都哈哈大笑起来，仿佛当时并不是十二月，我们也不是刚去过针具交换中心，正往家走的路上，被雨困在了立交桥下面。崔福是个有名有姓的男孩，想去社区学院学习理疗。崔福是在齐柏林飞艇的海报包围之下，独自一人在家中去世的。崔福活了二十二岁。崔福曾经活过。

官方确认的死因，我后来才得知，是过量吸食掺入了芬

太尼的海洛因。

有次在一场写作研讨会上，一个白人男性问我破坏对于艺术而言是否必要。他问得很真诚，探着身子，用蓝眼睛注视着我。他的帽子上有金线绣的"*'Nam Vet 4 Life*"（一生都是越战老兵），连着鼻子的氧气瓶在身旁咝咝作响。我像往常见到参与过那场战争的白人老兵时那样端详他一番，想着他或许是我的祖父，然后回答："不，先生，破坏对于艺术而言并非必要。"我那么说，并不是因为我很肯定，而是因为我觉得我那么说可以让自己相信。

但为什么用于创造的语言不可以成为再生的语言？

你杀死了那首诗，我们会说。你是凶手。你举着枪，来到小说中，不停地开枪。我正在锤炼这段话，我正把它们敲打出来，我们会说。我拥有那家作坊。我把它关了。我击败了他们。我们在比赛中打垮了对手。我在和灵感搏斗。人们生活的州是战场州。观众是目标受众。"恭喜啊，朋友，"有一次在派对上，某个人对我说，"你用你的诗歌赚大钱①了，

---

① "赚大钱"（make a killing）和后面的"征服他们"（knock them dead），直译可简单理解为"杀死"和"打死"。

征服他们了。"

一天下午和兰看电视的时候，我们看到一群野牛排成队往山崖底下跳。在绚丽多彩的电视屏幕上，一头接一头愤怒的野牛轰隆隆地滚落到山下。"它们为什么要那么死？"她问道，嘴巴大张着。同往常一样，我当即编了个瞎话："它们不是故意的，外婆，只是在跟着家人跑而已。它们不知道前面是悬崖。"

"或许他们应该放个停止标志。"

我们街区就有很多停止标志，不过并不是一开始就有的。那条街上有个叫玛莎的女人，身材胖胖的，顶着一个农场主寡妇的发型，就是上面短、后面长、刘海很厚的那种。她会拖着一条坏腿，挨家挨户叫大家在请愿书上签字，要求在小区附近加装停止标志。她会站在门口告诉你，她自己有两个儿子，希望所有孩子都能在附近安全地玩耍。

她的两个儿子分别叫凯文和凯尔。凯文比我大两岁，过量吸食海洛因而死。五年之后，凯尔也因为过量吸食死了。

之后，玛莎搬到了考文垂的一座活动房车停车场，和妹妹住在一起。

事实是，如果不想，我们就可以不死。

开个玩笑。

你还记得有一次雪下了一夜，我们第二天早上发现有人用红色的喷漆在前门上喷了 *FAG4LIFE*（*一辈子基佬*）这几个字吗？

冰锥在阳光下晶莹剔透，一切看起来那样美好，马上就要碎了。

"什么意思啊？"你没穿外套，浑身颤抖着问。"说的是'圣诞快乐'，妈，"我指着回答，"看见没？所以才是红色的，为了好运。"

人们说成瘾行为或许跟躁郁症有关。人们说是我们脑子里的化学物质不对。我脑子里的化学物质就有问题，妈。更

确切地说，我脑子里的这个或者那个不够。人们为此研发了药物，形成了专门的产业，赚了好多钱。你知道有人发悲伤财吗？我真想见见美国悲伤的百万富翁。我想看着他的眼睛，握着他的手说："很荣幸为我的国家服务。"

但问题是，我不希望我的悲伤被夺走，就像我也不希望我的快乐被夺走。它们都是我的。我制造了它们啊，该死的。万一我感受到的狂喜，并不是我的躁郁症又发作了，而是我费了很大力气才得到的感受呢？或许我又蹦又跳，使劲儿在你脸上亲了一下，是因为我回家以后，得知晚上要吃比萨，是因为有时候这已经绰绰有余，是我最忠实且微弱的灯塔。万一我跑到外面，只是因为今晚的月亮跟童书里那么大，*超级大*，挂在松树林之上，看到它仿佛是在看某种奇怪的药球。

就好像你眼前一直看到的都是悬崖，然后突然之间，一座明亮的桥出现了，你飞奔着跑过去，虽然心里很明白，桥的另一头或许还有悬崖。万一我的悲伤其实是我最残酷的老师呢？而教训总是这一条：你不必像那些野牛一样。你可以停下。

有一场战争，电视里的人说，但现在已经"降低了"。

耶，我心里想着，然后把药咽了下去。

事实是，我的鲁莽和我的身体一样宽。

有一次，水下出现了一个金发男孩的踝骨。

那条线上有一道淡绿色的光，你看到了。

事实是，生命结束后，我们也还可以继续活，但我们的皮肤不行。不过你已经知道这个了。

我从没吸食过海洛因，因为我怕针。我拒绝了他的注射邀请后，崔福一边用牙勒紧缠在胳膊上的手机充电线，一边朝我脚边点点头，说："看起来你的卫生巾掉了。"然后他眨眨眼，微笑着消失在他为自己制造的梦境中。

普渡制药花了几百万美元做广告，向医生推销奥施康定，说这是安全、"不可能被滥用"的镇痛药物。这个公司还宣称，服用该药的患者成瘾率不到百分之一。但这是谎言。到

二〇〇二年，针对非癌症疼痛开出的奥施康定增长了近十倍，总销售额超过了三十亿美元。

假如艺术不是通过数量，而是用跳动来衡量呢？

假如艺术不用衡量呢？

合众国的国歌的好处之一是播放时，我们都已经站起来了，因此随时都可以跑。

事实是，一个国家，在毒品之下，在无人机之下。

我第一次看到男人的裸体时，那人似乎成了永远。

那个人是我父亲，在下班回家后脱下了衣服。我想努力忘掉那个画面。但永远的问题就在于你无法把它退掉。

让我在这里待到最后吧，我对主说，到时候就算扯平了。

让我把影子拴在你的脚上，并称之为友谊，我对自己说。

我醒来时，听到屋里有翅膀扇动的声音，仿佛一只鸽子从窗口飞进来，正冲着天花板乱飞乱撞。我打开灯，双眼适应之后，看到崔福四仰八叉地躺在地板上，因为癫痫发作而浑身抽搐，鞋子不停地蹬在梳妆柜上。我们当时正在他家的地下室。我们陷入了战争中。我扶起他的头，大声呼喊他爸爸，白沫从他口角流到了我的胳膊上。那晚在医院，他活了下来。已经第二次了。

恐怖故事：他去世四年之后的某个晚上，我闭上眼后听到了崔福的声音。

他又在唱《我这小小的光》了——像往常那样，在聊天的间歇突然唱起来，胳膊伸在雪佛兰的车窗外，手指在有些褪色的红色车身上打着节拍。我躺在黑暗中，默念着歌词，直到他再次出现在面前——年轻、温暖、足够好。

今天早上，我的窗台上落了一只黑色的鹩鹩：像一个烧焦的梨。

那毫无意义，但现在你知道了。

往右拐，妈。渔具棚后面有块空地，有一年夏天，我曾在那儿看着崔福把一只浣熊的皮剥了，那是他拿布福德的史密斯威森打死的。剥皮的过程中，他一直龇牙咧嘴的，出于毒品的缘故，他的牙有些发绿，仿佛日光下的荧光星星。黑色的浣熊皮在车厢上随着微风不停抖动。几英尺外，一双沾满了泥土的眼睛，在看到它们的新神明后，惊呆了。

你能听见威利斯大街上的圣公会教堂后面，风赶着河向前滚的声音吗？

我最接近神灵的时刻，便是我身心充满那种平静的时刻。那夜崔福在我旁边睡觉时，我老是看到那只浣熊的眼睛。没了头骨之后，那两只眼睛就怎么都闭不上。我倾向于认为，就是我们没了，也还能看见。我倾向于认为，我们永远不会闭上。

你和我，在睁开眼睛前，我们是美国人。

你冷吗？不觉得让自己暖和起来，基本上就是用骨髓的温度触摸身体，你难道不觉得这很奇怪吗？

他们想让你成功，但永远不能比他们成功。他们会把你的名字写在牵着你的绳子上，说你是*必要的*，说你是*紧急的*。

从风中，我学会了向前的句法，如何通过拥抱障碍来通过障碍。你可以按这种方式回家。相信我，你可以摇晃麦子，但仍然没有名字，就像一个农场男孩的拳头上柔软的那一面沾着的焦炭粉。

为什么每次我的双手弄疼我时，它们就变得更像我的了？

走过豪斯街上的墓地。里面的墓碑破损得很厉害，上面的名字看起来跟被什么咬过一样。最古老的坟墓里埋着一个叫玛丽－安·考德尔的人（1784—1784）。

毕竟，我们只能来这儿一次。

崔福去世三星期后，陶盆里盛开的三朵郁金香，一下子让我愣住了。我刚刚猛地醒过来，看到晨光照在花瓣上，睡眼惺忪地以为是花自己散发着柔光。我爬到发光的花朵前，以为自己正在目睹什么奇迹，我自己的燃烧的荆棘。但靠近

后，我的脑袋挡住了光，郁金香灭了。这也毫无意义，我知道。但有些无意义发生后，会改变一切。

在越南语中，想念某人和怀念某人用的是同一个词：nhớ。有时候，你在电话里问我："*Con nhớ mẹ không?*"我会心中一惊，以为你在问，你怀念我吗？

我对你的想念多过怀念。

他们会跟你说，搞政治只需要生气就行，因此毫无艺术性，毫无深度，"原始"而空洞。他们谈到政治时会尴尬不已，仿佛谈论的是圣诞老人或复活节兔子。

他们会跟你说，优秀的作品会"冲破"政治的捆绑，进而"超越"分歧的藩篱，使人们联合起来，走向普遍真理。他们会说，要实现这一点，最重要的方式便是技艺。他们会说，我们来看看它是怎么做出来的——仿佛某样东西的装配过程与制造它的那种冲动完全不搭边儿。仿佛制造第一把椅子时，完全没有考虑人类的形态。

我知道。laughter（笑）这个词被困在slaughter（屠杀）里面，很不公平。

我们必须把它切开，你和我，像一个沾满鲜血、浑身颤抖的新生命从刚刚被射杀的母鹿体内抱出来那样。

掺了奥施康定的可卡因，会让一切变得既迅速又静止，就跟你坐火车时，隔着被雾气笼罩的新英格兰原野，看见被砖墙围起来的柯尔特工厂（维克多表兄就在那儿上班），看见里面的黑烟囱——与火车平行，仿佛在跟着你跑，仿佛你的家乡怎么都不想放过你。太多的快乐，我敢保证，都消失在了我们对它的迫切挽留之中。

一天晚上，我们骑了两个小时的车，跑到温莎郊外。我们来到一座小学的游乐场，在河马滑梯对面的秋千上坐下来，橡胶座很凉。他给自己打了一针。

他的运动鞋把地上的木屑擦来擦去。在黑暗中，那只紫色的河马张着供人爬进的大口，仿佛一辆撞毁的汽车。"哎，小狗。"听他说话不利索，我能感觉到他已经闭上了眼睛。

"嗯？"

"是真的吗？"他的秋千不停嘎吱作响，"你真的觉得自己喜欢男生，永远喜欢那种？"秋千不响了。"我觉得我……再过几年就正常了，你懂吗？"

我不知道他所谓的"真的"到底是指非常还是指真正。

"我觉得是吧。"我答道，但其实不知道自己在说什么。

"好疯狂。"他笑起来，是那种测试沉默的程度到底有多深的假笑。他的肩膀耷拉下来，药品正稳稳地在他体内穿行。

然后，有什么东西擦到了我的嘴。我有点受惊，但还是咬住了。崔福往我嘴里塞了一根烟，然后点着了。火苗照亮了他的双眼，呆滞、充血的双眼。我吸了一口香甜又灼热的烟，努力不让眼泪流出来——赢了。我凝望着繁星，如磷光一般在闪耀的蓝白色，好奇为什么人们会把夜晚称为黑暗。

拐角处的红绿灯闪着黄光，我们这座城市的红绿灯在午

夜后就是这样——它们忘了自己为什么在这儿。

你问我当作家是什么样，但我给你的解释其实乱七八糟，我明白。但它确实就是一团糟，妈——不是我瞎编的。我是实话实说。这就是写作，在所有的胡言乱语之后，低下身去，低到不能再低后，世界会给你一个仁慈的新视角，一幅由小东西构成的大景象，棉绒突然成了一块和你眼球一样大的大雾。透过它，你看到了法拉盛那家通宵营业的澡堂里厚厚的水汽。在那里，有人曾伸出手，抚摩着我锁骨处的凹槽。我没看到那个男人的脸，只看到他的金边眼镜在雾气中飘浮着。然后那种感觉，那种天鹅绒般的热度，充满了我体内的每个地方。

难道那就是艺术？被抚摩后，认为我们感受到的东西属于我们自己，但其实归根结底，只是别人在渴望之中，找到了我们？

胡迪尼在伦敦马戏场表演时，未能打开自己的手铐，他的妻子贝丝上去给了他一个长长的深吻，借此把救命的钥匙传给他。

如果天堂存在，我觉得就是这个样子。

有一天不知为何，我搜了一下崔福的名字。白色的页面说他还活着，现年三十岁，距离我仅有三点六英里。

事实是，记忆没有把我们遗忘。

一页书被翻动，就是一只翅膀被孤零零地托起来，虽然飞不起来，但我们还是被打动了。

有天下午收拾衣橱时，我在一件老旧的卡哈特夹克里掏出一块"快乐农场主"。那块糖是从崔福的卡车里拿的，他总会在杯架里放一些。我剥开糖，拿在手指间，里面有我们声音的记忆。"把你知道的都告诉我。"我轻声说道。阳光透过窗户照在糖上，让它看起来像一块古老的珠宝。我走进衣橱里，关上门，坐在逼仄的黑暗中，把糖放进嘴里，爽滑又冰凉。青苹果味。

我没和你在一起，是因为我正在和除你之外的一切打仗。

一个人在一个人旁边，度过一生。这叫意合。这叫未来。

我们快到了。

我跟你讲的这些，与其说是个故事，倒不如说是一艘失事的船——碎片漂浮着，终于能分辨清楚。

绕过弯道，经过第二个停止标志，那个标志下方用白漆喷了"H8"①的字样。然后往白房子走，公路对面废品厂排出的废气被风吹过来，把那房子的左边熏成了炭灰色。

楼上的窗户正好在那边。小时候的某天晚上，我醒过来后发现窗外大雪纷飞。当时我五六岁，还不知道万事万物都有尽头。我以为雪会一直下到天边——再过去，碰到神灵的指尖，他正在阅读椅里打盹儿，书房地上撒满了方程式。我以为到早上，我们会全被那蓝白色的静谧封在房中，谁都不必再离开。永远不必。

过了一会儿，兰找到我，或者说是她的声音出现在我耳边。"小狗，"她说，"想不想听故事？我给你讲个故事吧。"

① 与停止标志中的 Stop 合起来是 Stop H8，意为"停止仇恨"。

我望着雪，出神地点点头。"好。"她开始讲。"很久以前，有个女人抱着女儿，这样抱着，"她捏捏我的肩膀，"站在一条土路上。这个女孩的名字叫玫瑰，对，就是玫瑰花的玫瑰。嗯，这个女孩，名字叫玫瑰，是我的小宝贝……好，我抱着她，我的女儿。小狗。"她摇摇我："你知道她的名字？是玫瑰，就是那种花。嗯，我抱着这个小姑娘，站在土路上。她很乖，我的宝宝，红头发。她的名字叫……"我们就这样翻来覆去，直到下面的街道发出白色的光，抹去了一切有名字的东西。

我们在成为我们之前，是什么？城市在燃烧时，我们肯定一直站在土路边上。我们肯定在消失，就像现在这样。

或许下辈子，我们还能初次相见——相信一切，但不相信我们能造成的伤害。或许我们会和野牛们正相反。我们会长出翅膀，冲下山崖，成为新一代的君主斑蝶，往家飞去。青苹果。

就像大雪盖住了城市的细节，他们会说，我们从没存在过，我们的生存只是神话。但他们错了。你和我，我们都是

真实的。即使明白快乐会让我们嘴上缝的线崩开，我们也放声大笑。

记住：规则就像街道，只能带你去*已知*的地方。网格之下还有一片田野——从来都在——在那片田野上，迷失方向从来都不是什么错误，只是更多而已。

一般来说，成为更多。

一般来说，我想你。

一般来说，little总是比small还小一些。别问我为什么。

电话打得不够多，对不起。

青苹果。

我总是说"你好吗"，但其实我真正的意思是"你幸福吗"，对不起。

若你发现自己困在了一个昏暗的世界中，别忘了身体内

部一直都是这么黑。同任何法则一样，心只为生者停顿。

如果你找到了自己，那么祝贺你，你的双手是你的。

在里斯利街右拐。如果你忘了我，那说明你走得太远了。转身往回走。

好运。

晚安。

天哪，青苹果。

房间像照片一样安静。地上放着一张床垫，兰正在上面平躺着。她的女儿们——你和梅——以及我，就在她身旁。她的头上、脖子上包着的毛巾已经被汗水湿透，像衣服上的兜帽，更加凸显了她瘦削的脸庞。她的皮肤已经不再努力，双眼陷入了头颅里，仿佛正从大脑之中往外看。她现在就像一块木雕，干瘪且布满了深深的纹路。她还活着的唯一迹象，便是她最喜欢的黄毛毯（现在已经成了灰色）在她胸口一起一伏。

你第四遍叫她名字时，她睁开了眼睛，寻找我们每个人的脸。旁边的桌上放着一壶茶，但我们都没顾上喝。茉莉花茶香甜的气味更衬托出空气中暗暗弥漫的那种刺鼻难闻的味道。

兰躺在那个地方，已经两个星期没挪窝儿了。哪怕稍微

动一下，她枯槁的身躯都会阵阵疼痛，因此大腿下面和后背上都生了褥疮，而且感染了。她已经大小便失禁，身子下面的便盆永远都是半满的，可以说，她的肠胃真的是自我释放了。我坐在那儿给她扇风，胃里觉得发紧。稀稀疏疏的头发在她两鬓飘动着，她一遍又一遍地打量着我们每个人，仿佛是等着我们变化。

"我好热，"她终于开口说话了，"我的肚子里面感觉像草屋在燃烧。"你回答她的声音，是我听过的最温柔的声音。"咱给它浇点儿水，妈，好吧？咱把火给它灭了。"

兰被确诊的那天，我站在医生那间里面没一样东西是白色的办公室里，外婆的骨架照片被嵌在一块有背光的屏幕上，医生在她身体的不同部分指来指去，说话声仿佛是从水下传来的。

但我看到的只有空白。

在X光片里，我望着她大腿和臀部之间的空白：癌症已经吞噬了股骨上段的三分之一和一部分的骨臼，股骨头已经完全没了，右臀部分的骨头上到处是斑驳的孔隙。那样子让我想起了废品厂里一块块生锈、腐蚀的金属。你根本看不出她的那一部分到底去哪儿了。我凑近看了又看。曾经构成她

的骨骼的半透明软骨、骨髓、矿物质、盐分、肌腱、钙质，都去哪儿了？

那个时候，听着护士在我周围喋喋不休，我感受到了一种崭新且奇异的愤怒，下巴和拳头变得很紧绷。我想知道这是谁干的。我需要这种行为有个始作俑者，一个意识被关在某种确定且有罪的空间内。这一次，我想要或者说需要一个敌人。

正式的诊断是骨癌四期。你推着轮椅，陪兰在走廊里等待时，医生把装着X光片的马尼拉纸信封交给我，然后避开了我的目光，只是说，带你外婆回家吧，她想吃什么就给吃点。她还能活两个星期，顶多三个。

我们把她带回家，在瓷砖地上铺了张垫子，让她躺上面，这样比较凉快，又拿了些枕头放在她两边，防止她的腿乱动。但你记得，最糟糕的还是兰即使到最后都不认为自己得的是什么绝症。我们跟她解释了医生的诊断，解释了肿瘤、细胞、转移，但这些名词对她来说太过抽象，无异于在跟她解释巫术。

我们告诉她，她快要死了，还有两个星期，然后是一个星期，然后是马上了。"准备好。准备好。你想要什么？你需要什么？你有什么话要说？"我们催促她。但她就是不信，说我们还是孩子，什么事儿都不懂，等我们长大了，就知道

这世间是怎么一回事了。否认、虚构——讲故事——向来是她在自己人生前面抢先一步的方式，我们又如何能让她相信自己错了呢？

但是，疼痛本身可没法当成故事来讲。最后几天里，你出去安排葬礼的事，在挑选棺材的时候，兰时不时就会突然哭号一阵。"我到底作了什么孽？"她望着天花板问，"老天啊，我到底作了什么孽，你要这么践踏我？"我们给她吃了医生开的合成维柯丁、奥施康定，后来是吗啡，更多的吗啡。

我拿着一个纸盘子当扇子给她降温，她时而清醒，时而昏迷。梅从佛罗里达开了一晚上的车赶过来后，不停穿梭于各个房间，像僵尸一样昏昏沉沉地做饭、泡茶。由于兰太虚弱，没力气嚼东西，梅只能用勺子把燕麦粥塞进她微微张开的嘴里。我给她扇风，梅喂她吃东西，两个女人的头发——母亲和女儿的头发——一起飘来飘去，两人的额头几乎碰到一起。几个小时前，你和梅给兰翻了身，让她侧躺着，然后你戴上橡胶手套，为你母亲清理了大便——她的身体已经弱到无法排泄了。她的脸上挂满了汗珠，我一直给她扇风，你给她弄那些时，她闭上了眼睛。结束之后，她只是躺在那里眨眼。

我问她在想什么。她仿佛刚刚从一个无眠的梦境中醒来，用一种烦躁的口气呆呆地回答："我以前是个姑娘，小狗，你

知道吗？"

"嗯，外婆，我知道……"但她根本没听我在说什么。

"我以前会在头上别一朵小花，在太阳底下散步。下大雨后，我在太阳底下散步。我把花别在耳朵后面。特别湿润，特别凉爽。"她的眼睛从我的脸上望向别处。"太蠢了。"她摇着头说，"当女孩是件很蠢的事。"过了一会儿，她重新看着我，仿佛刚刚想起来我在那儿，问："你吃东西没？"

我们努力保持生命，即使我们知道它无法比我们的躯体更长久。我们喂它，让它舒服，给它洗澡，给它吃药，给它爱抚，甚至还给它唱歌。我们照顾生命的这些基本功能，并不是因为我们勇敢或无私，而是因为，同呼吸一样，这是我们这个物种最根本的行为：维持身体的运转，直到时间将它抛弃。

我现在想到了杜尚，以及他著名的"雕塑"。他把一个小便池，一个稳定、永久的用具，上下颠倒过来，进而彻底改变了人们对它的反应。而将其命名为《泉》之后，他更是把这个物体带离了其原有身份，使之获得了一种让人认不出的新形式。

我因此特别恨他。

我恨他证明了某样事物的全部存在，可以仅仅通过将它翻过来，揭示其名字中蕴含的新角度，就能彻底改变。而完成这种举动什么都不需要，只要引力，正是这个力将我们困在了这世间。

但根本而言，我恨他还是因为他是对的。

因为同样的事正发生在兰身上。癌症不仅重构了她的面容，还有她存在的轨迹。兰被翻过来，就会变成灰，就像dying（垂死）完全不同于dead（已死）一样。在兰生病之前，我觉得这种可塑性行为很是美好，某个物体或人，一旦被翻过来，便可比曾经单一的自我更加丰富。

坐那儿陪着兰的时候，我的思绪意外地飘到了崔福身上。那会儿离崔福死亡已经过去七个月了。我想到了我们的某个场景。时间是九月，我在农场干活的第二季之后。

烟叶已经挂好，房梁上、椽子上都挂得满满当当，叶片已起皱，田野上曾经茂盛的翠绿，现在已经暗淡成了旧制服的色调。是时候把炭烧起来，加速干燥过程了。而这需要有人通宵留在大仓里，往放在地上的锡制饼盘里烧煤饼。这样的盘子每隔两米多就有一个，我们周围都是燃烧的煤饼，每次有风从板条中吹过，红红的火光都会闪烁摇晃。热气蒸腾

着冲向屋顶，烟叶的香气四下弥漫。

我们俩躺在大仓的地板上，时间已过午夜，油灯的金色光晕照在我们身上，让黑暗无法靠近。崔福凑过身来，用牙齿轻轻擦过我脖子下面的皮肤。此时我还不知道在接下来的一年中这些牙齿会咬多深，还不知道这个男孩的骨子里有多少情绪，不知道他压抑的美式愤怒，他父亲喝过三罐科罗娜之后，就容易坐在门廊上哭，听着收音机里的爱国者队比赛，身边还放着迪恩·孔茨的精装版《无所畏惧》，不知道一次雷雨天，他发现崔福躺在那辆雪佛兰卡车的车厢上昏迷不醒，积水不停拍打进他儿子的耳朵，不知道他硬拖着崔福走过泥泞，上了救护车，到了医院，刚注射的海洛因还在崔福的血管里穿梭，不知道崔福出院后老实了三个月，便又重蹈覆辙了。

夏末的暑气紧密而厚实，低低地从大仓中穿过，我俩并排躺着。在田里干了一天活儿，他的皮肤上依然保有太阳的余温。

寂静无声。

在我们上方，飞蛾前来觅食，穿梭于烟叶之间，但上面还留有田里喷洒的杀虫剂，所以它们用嘴一碰叶子就会死掉，扑簌簌地落在我们周围。在死亡的煎熬中，它们扇动着翅膀，在地上嗡嗡作响。

"该死的。"崔福站起来，脸上挂着难以置信的表情。

他额头的汗珠闪闪发亮。

一只即将窒息的蛾子，在我右膝旁边挣扎着。但它那巨大又终极的死亡只是我在皮肤上的微微一颤。一阵清风吹散了外面的黑暗。烟田对面的路上开过来一辆车。

他抓住我的肩膀。我怎么会已经知道了他会这样反应？

我看向他，面容扭曲。

"我说起来。"

"什么？"我望着他的眼睛。

原来是我听岔了。

"行了，"他又说了一次，"赶紧起来。"

崔福抓着我的胳膊，把我拉起来。我们离开了油灯洒下的金色光晕，留它在那里重新变得空荡又完美。他紧紧抓着我往仓外走。飞蛾在我们之间飞进飞出，其中一个撞在我额头上之后，我停下了脚步，他使劲一拽，我跟跄着跟上去，走到大仓另一头，出了门，走进了黑夜之中。空气凉爽，没有星星，在这突如其来的黑暗中，我只能分辨出他苍白的背影，在无光的情况下看起来像灰蓝色。走了几米之后，我听到了河的声音。水流和缓，但在他大腿周围还是泛出了白色的水花。蟋蟀的叫声越来越大、越来越密集。在河对岸的巨大黑影之中，难以分辨的树木正沙沙作响。崔福松开我，沉

到水下，又迅速浮上来。水滴从他下巴上滴下来，叮叮咚咚落在他周围。

"快洗一下吧。"他的声音温柔得出奇，几乎有些脆弱。我捏住鼻子钻到水下，寒冷又让我不得不浮上来大口喘气。在一个小时之后，我会回到我们家阴暗的厨房里，湿漉漉的头发上还挂着河水，兰则会拖着步子，走进炉子上方的夜灯发出的微光之中。*我不会告诉别人你到海里去了，小狗。*她会把手指放在嘴唇上，点着头。*这样，海盗的鬼魂就不会跟着你了。*然后，她拿起一块抹布，给我擦头发、脖子，看到我下巴上那块颜色像干掉的血迹一样的痕迹时，停下手来。*你去了很远的地方。现在回家了，现在擦干。*我们动来动去，把地板踩得嘎吱响。

现在，河水在我胸口那里，我挥舞着胳膊，让自己稳定。崔福把手放在我的脖子上，我们静静地站在河里，低头望着如黑镜一般的水面。

他说："别担心。听见没？"

河水在我周围流动，穿过我的双腿。

"喂。"他用拳头托起我的下巴，让我仰起头来与他平视。他往常这么做时，总会让我微微一笑。"听到没？"

我只是点点头，然后转身往岸上走。我在前面，他慢了几步。但突然，我感到他朝我的肩膀中间用力推了一下，我

往前一闪，双手本能地撑在膝盖上。他跪在浅滩上，膝盖陷在河泥中。我颤抖起来——在冰冷的河水衬托下，他显得异常温热。这一突然又无言的举动，是为了安慰。

田野远处有一排梧桐树，树后有一座老旧的农舍，楼上房间的一扇窗被灯照亮，在黑暗中摇曳。房子上面，几颗寥落的星辰闪着光，穿透了天上乳白色的雾气。他把我拉向他，要进一步证明他毫不介意。我盯着水面不断搅动的波纹，努力调整呼吸。

他在胳膊上擦了一下嘴，然后摸了摸我的头，朝岸上走去。"还是一样美好。"他扭头说。

"一样美好。"我重复了一遍，仿佛是在回答问题。我们往大仓走去，在油灯越来越弱的光晕中，飞蛾们不断死去。

吃过早饭，大约十点钟时，我正坐在门廊上看书，梅过来抓住我的胳膊。"到时间了。"我眨眨眼。"她不行了。"我们跑回客厅，你正跪在兰的身旁。她这时醒着，嘴里在嘟囔什么，双眼在半睁开的眼皮下面转来转去。你从壁橱拿来了阿司匹林和艾德维尔，仿佛布洛芬现在还能帮什么忙似的。不过对你而言，反正都是药——既然以前有用，现在为什么不行？

你坐在你母亲身旁，现在终于空了的双手放在大腿上。

梅指指兰的脚趾。"变紫了。"她的语气出奇平静，"脚最先走——已经变紫了。顶多还有半小时了。"我看着兰的生命一点点消失。梅说她的脚变紫了，但我看着不像紫色，而是黑的，脚尖有些褐得发亮，其他地方像石头一样黑。脚指甲泛着一种不透明的黄，看起来像骨头的颜色。但"紫"这个字，以及它所代表的那种华贵的深色，此时向我奔涌而来。我望着血液慢慢离开兰那双黑色的脚，可脑子里看到的却是一片葱绿，被簇簇的紫色包围。这时我才意识到，那个词把我拖回了一段记忆当中。许多年前，我六七岁时，正跟兰走在紧贴着教堂街旁边那条公路的一段土路上。她突然停下脚步，大叫起来。隔着车流声，我听不清她在说什么，只见她指着那道将州际公路和土路隔开的钢丝网眼栅栏，眼睛睁得大大的。"快看，小狗！"我弯下腰，检查着栅栏。

"我不明白，外婆。怎么了？"

"不是。"她有些懊恼，"站起来。往栅栏外面看——那边——那些紫色的野花。"

在公路那边，离栅栏没多远的地方，一片紫色的野花正盛开着，每朵花都只有拇指指甲那么大，长着黄白色的小花蕊。兰蹲下身，双手扶在我肩膀上，双眼与我平视，严肃地问："你能爬过去吗，小狗？"她眯起眼睛，做出一副怀疑又蔑视的样子。当然了，我使劲点点头。她算准了我一定会。

"我把你抬起来，你快点抓住栅栏，懂吗？"她托住我的屁股，将我举起来，我抓着栅栏，稍微晃了一下，但我还是爬了上去。骑在栅栏上往下看，我立马一阵眩晕，那些花看起来仿佛是在一团绿色之上用画笔轻轻戳下的小点。过往车辆带起的风把我的头发吹得乱七八糟。"我感觉不行！"我带着哭腔喊道。兰抓着我的小腿。"我就在这儿，绝对不会让你出事，"她尽力压过车流声，"要是你掉下去，我就用牙把栅栏咬开，去救你。"

我信了她的话，跳下去后滚了一圈，爬起来拍了拍身上的土。"用两只手，连根拔。"她扒着栅栏，龇牙咧嘴地说，"你得快点儿，不然我们会有麻烦的。"我一丛接一丛地拔起来，根破土而出，带起一阵尘雾。我把花扔过栅栏，每辆经过的车都带来一阵强风，几乎要把我吹倒。我拔啊拔，兰把它们全塞进一个7-11便利店的塑料袋里。

"行了，行了，够多了。"她挥手叫我回来。我跳到栅栏上，兰伸手接住我，托着我下到她的臂弯中，把我紧紧抱住。她浑身颤抖着放下我，这时我才意识到她是在咯咯笑。"你做到了，小狗！你就是我的猎花人。全美国最好的猎花人！"她拿出一朵，举在模糊的赭色光线下，"放在我们家的窗台上正合适。"

我认识到，我们冒险得到的东西叫美。那天晚上回到家

后，你指着落满灰尘的棕色窗台上那些怒放的花朵，以及它们落在餐桌上的卷须，颇为佩服地问我们是怎么弄来的。兰故作轻松地挥挥手说，我们捡的，一家花店把它们扔在了路边。我躲在我的玩具士兵后面偷偷看了一眼兰，她看你正背对着我们脱外套，便把手指放在嘴唇上，冲我眨了眨眼，目光中满是笑意。

我从来都没搞清楚那些花叫什么名字，因为兰也不知道。至今每次看到紫色的小花，我都觉得它们就是那一日我采的那些。虽然事物没有名字，便容易消逝在记忆中，但那幅画面依然历历在目。那种清晰的紫色，现在爬到了兰的小腿上，我们坐在一旁，等着它爬遍兰的全身。你坐在你的母亲近旁，将那些缠绕着贴在她憔悴瘦削的脸上的乱发，拨到了两边。

"你想要啥，妈？"你凑在她耳边问，"你需要啥？我们给你。要啥都行。"

窗外，天空蓝得像是在嘲弄我们。

"米饭，"我记得兰当时这么说，声音从她体内的某个深处传来，"一勺米饭。"她咽了下口水，又吸了口气："鹅贡的米。"

我们面面相觑——不知如何满足她这要求。不过，梅还是站起身，消失在厨房的珠帘之后。

半个小时后，她捧着一碗热腾腾的米饭，在她母亲身旁

跪下来，盛了一勺，递到她母亲没了牙的嘴巴前。"吃吧，妈，"她坚忍地说，"是鹅贡大米，上星期刚收的。"

兰嚼一嚼咽下去，某种类似宽慰的表情浮上嘴角。"真好吃。"她就吃了这么一口，"太香了。这才是咱的大米——真香。"她用下巴指指某种远处的东西，然后睡了过去。

两个小时后，她醒了过来。我们围在她身旁，听她深深地往肺里吸了一口气，仿佛马上要潜到水下，然后就结束了——不再呼气。她就静静躺在那里，仿佛有人看电影时按了暂停键。

我坐在那儿，看着你和梅不假思索地动了起来，胳膊在你母亲僵硬的身躯上方来回回。而我只能做我唯一会做的事：把膝盖抱在胸前，开始数她发紫的脚趾。1、2、3、4、5，1、2、3、4、5，1、2、3、4、5。我边数边前后摇晃着身体。你们的手在兰的身体之上飞来飞去，像护士查房一样有条不紊。虽然我会很多单词，读过很多书，也有知识，但我还是发现自己只能抱着膝盖，靠在远处的墙上，满心哀痛。我望着两个女儿以一种与引力不相上下的无力感，照料她们的母亲。而我坐在那里，带着我的所有理论、比喻、等式，还有莎士比亚、弥尔顿、巴特、杜甫、荷马——到最后，这些死神的主人也无法告诉该如何触及我的死者。

清理完兰的尸体——因为语言现在要求我们这样称呼了：

尸体，而不是她——为其换上衣服，又换掉被单，擦干净地板上的体液后，我们再次围在兰的身旁。你站在一边，用手指掰开她紧闭的嘴巴，梅在另一边，把她的假牙放进去。但因为尸体已经开始僵硬，所以那副假牙还没装好，她的上下颌便合上了。假牙被挤出来，狠狠摔到地上。你发出一声惊叫，又马上用手捂住嘴。你少有地用英语连声咒骂。又试了一次，假牙终于归位。你站在已经离世的母亲身旁，往后一挺，靠在身后的墙上。

大街上传来一辆自卸货车轰轰隆隆、哔哔嘟嘟的声音。几只鸽子在稀疏的树木间咕咕叫着。一切完毕后，你终于坐下来，梅的头靠在你肩上，你母亲的身体在几米外慢慢变冷。接着，你的下巴皱成了一颗桃核，你低下头，双手蒙在脸上。

兰已经去世五个月了。这五个月里，她一直坐在你床头柜上的那个骨灰缸里。但今天，我们来到了越南，回到了前江省的鹅贡市社。时值夏日，稻田在我们周围绵延不绝，如大海一般碧绿。

在葬礼之后，在那些穿着藏红色长袍的僧侣围着她那块打磨光亮的花岗岩墓碑吟唱之后，村里的邻居高举着一盘盘食物前来，那些白发苍苍的老人回忆了兰三十多年前在这里

的生活，讲了许多逸事，也向我们表达了哀悼。太阳隐没在稻田之后，现在只剩下坟地，四边的泥土依然很新很湿润，四处撒落着白菊。我给远在弗吉尼亚的保罗打了个电话。

他提了一个出乎我意料的请求，说想看看她。我打开笔记本电脑，端着它往坟场那儿走了几米——不敢离房子太远，要让无线网的信号保持在三格。

我站在那儿，将笔记本举在胸前，把保罗的脸对准了兰的坟墓。墓碑上镶着她二十八岁时的照片，他们俩大约就是那会儿认识的。我在屏幕后面陪着这个老兵同他关系早已疏远且刚刚下葬的越南前妻视频通话。有一会儿，我以为信号断了，但很快便听到保罗在擤鼻子，他的声音断断续续传来，挣扎着向兰告别。他很抱歉，他对着墓碑上那张微笑的脸说，很抱歉一九七一年得知母亲病重的消息后，他回到了弗吉尼亚。但之后才发现那是他母亲耍的花招，骗他回家。他母亲假装得了结核病，后来几个星期变成了几个月，战争开始进入尾声，尼克松不再派遣军队，身在越南的美军开始撤离。兰给他写的信，都被他哥哥拦了下来。直到后来的一天，在西贡陷落前的几个月时，一名刚刚回国的大兵敲开他的门，给他带来了兰的一封信。信里说，西贡陷落后，兰和女儿们不得不离开那里，她们还会再写信。他说很抱歉过了那么久才知道。可等到救世军打电话给他，说有个女人带着有他名

字的结婚证，到一个菲律宾的难民营寻找他时，时间已经是一九九○年了。那时，他和另一个女人结婚已经八年有余。他说这些时，用的是一大堆磕磕巴巴的越南语——他在服役期间学会的，跟兰结婚后也一直讲——但后来因为哭得太厉害，他已经前言不搭后语了。

几个村里的小孩站在坟场边上，好奇又困惑地在周围徘徊。在他们眼里，我一定看起来很奇怪吧：举着一个由像素构成的白人脑袋站在一排坟墓前面。

我望着屏幕上的保罗，这个说话温和的男人，这个由陌生人变成外公又由外公变成家人的人，突然意识到我对我们，对我的国家，或者说任何国家，了解得竟然那么少。我所站的这条土路，可能和四十多年前兰曾站过的那条土路没有什么不同，那时她抱着你站在那儿，一支M-16型自动步枪指着她的鼻子。我等着我的外公，这个退休辅导老师、素食主义者、大麻种植者、地图和加缪爱好者，向他的初恋说完最后的话，然后合上了电脑。

在我长大、你变老的那个哈特福德，我们打招呼的方式不是说"哈喽"或者"你好"，而是下巴一抬："好呀？"我在其他地方也听过这种说法，但在哈特福德最普遍。这里的

许多建筑物内部已经空空荡荡，窗户也被封上了木板，游乐场四周的倒刺铁丝围栏全都锈迹斑斑、扭曲变形，看起来像大自然的造物，如藤蔓一样自然生长，但就是在这之中，我们创造了自己的语汇。"好呀"是经济上的失败者才有的说法，在东哈特福德和新不列颠也能听到，那里有些白人家庭——即一些人所谓的"住活动房的废物"——会挤在活动房车和公租房的那些半破门廊上，一张张因为奥施康定上瘾而憔悴的脸，在缭绕的香烟烟雾中，在用钓鱼线挂起来、充作门灯的手电筒之下，会冲路过的你喊一声："好呀？"

在我的哈特福德，父亲们如幽灵一般，在孩子们的生活中来来去去，就像我的父亲一样；而祖母、外婆们①是国王，她们没有王冠，只有尽力挽回、临时拼凑的自尊和只说母语的固执证明；她们的膝盖一动就响，双脚也肿胀不堪；她们会等在社会福利部门外面，申请供暖和燃料油援助，身上散发着药妆店廉价香水和薄荷硬糖的气味；她们会挤在一团，快步走过冬日的街区，身上一件件从慈善商店买来的大号棕色大衣沾满了新雪——她们的子女有的在上班，有的在蹲监狱，有的用药过量，有的则只是消失了，坐上灰狗巴士去了国家的另一头，梦想着能改掉坏习惯，重启新生活，但慢慢就变成了家族传说。

---

① 原文为 "grandmothers, abuelas, abas, nanas, babas, and bà ngoại"。

在我的哈特福德，那些曾让我们跻身大都市的保险公司在互联网到来后全都搬走了，我们最聪明的头脑也全被纽约和波士顿拐走了；每个人都有一个在拉丁王黑帮的远房表亲；我们现在还在公交站卖捕鲸者队的运动衫，可这个队早在二十年前就抛弃了我们，变成了卡罗来纳飓风队；这里是马克·吐温、华莱士·斯蒂文斯、哈里特·比彻·斯托的故乡，但这些想象力丰富的作家也没见过或写过像我们一样的人；我们的布什内尔剧院、沃兹沃思学会（举办了美国的第一场毕加索回顾展），基本上只有从城郊来的游客才会参观，他们把车交给停车管理员后，便匆匆走进了被卤素灯照得温暖宜人的礼堂，之后又开着车回到他们那些满是码头一号和全食超市的宁静小城。其他的越南移民都跑到了加利福尼亚或者休斯敦，但我们留在了哈特福德。我们的生活日常是经历一场又一场的东北风暴，看着我们的车一夜之间被大雪吞没，以及在凌晨两点或下午两点听到枪声，在C城超市的收银台遇到眼眶青肿、嘴唇破口的妻子或女友，看她们在与你目光交会后，把下巴一抬，仿佛在说，*少管闲事*。

由于被击倒已是心照不宣，已是*理所当然*，所以你把它当成了自己的皮肤。问"好呀"就等于立马转向快乐，把不可避免的东西推到一边，去够不同寻常的东西。不是"很棒"或"不错"或"好极了"，只是好。因为很多时候，好就已经足够，

它是我们为自己和他人努力追寻、收获的那一朵珍贵的火花。

在这儿，好就是发现下水道里有张一美元，就是你过生日时，你妈妈有足够的钱租一部电影，在弗兰克简餐买一块五美元的比萨，再买八根蜡烛插在化掉的奶酪和辣香肠上，就是得知有枪击发生后，你的哥哥走进了家门，或者已经在你身边，正对着一碗芝士通心粉狼吞虎咽。

那晚从河里出来后，崔福也是这么跟我说的。黑色的水珠从我们的头发、指尖上滴下，他把一只胳膊搭在我颤抖的肩膀上，又把嘴凑到我耳边，说："你挺好。听见没，小狗？你挺好，我发誓。挺好。"

我们把兰的骨灰瓮埋到墓里，用浸过蜡油和蓖麻油的抹布最后一次擦拭了她的墓碑后，回了西贡的酒店。可一走进那间昏暗破旧、空调让人感到憋闷的房间，你就关掉了所有的灯。我停在原地，不知道该如何理解这突如其来的黑暗。那会儿午后刚过，还能听到楼下大街上的摩托车在鸣笛或者噗噗前进。床嘎吱一响，你坐在上面。

"我在哪儿？"你说，"这是哪儿？"

我不知道该说什么，只好呼唤你的名字。

"玫瑰（Rose）。"我说，是花、是色彩、是色调。"红。"

我又用越南语叫了一次。花朵其实快到生命尽头时，才会被看见，刚刚盛开，便已经在去造纸厂的路上了。或许所有名字都是幻象。我们其实经常用其最短暂的形态来给事物命名吧？玫瑰丛、雨、蝴蝶、鳄龟、行刑队、童年、死亡、母语、我、你。

叫出你的名字后，我才意识到 rose 也是 rise（起立）的过去式。所以我叫你的同时，也是告诉你站起来。我叫你的名字时，把它当作了你那两个问题唯一的答案——仿佛我们也可以在名字的声音里找回自己。我在哪儿？我在哪儿？你是玫瑰，妈。你已经站起来了。

我轻轻摸了摸你的肩膀，就像在河边时崔福对我那样。崔福虽然生性狂野，但他不吃小牛肉，不吃牛的孩子们。现在我想到了那些牛孩子，从母亲的身边被夺走，被放进和它们身形一样大的笼子里，被不断喂食，最终长肥，变成嫩肉。我又想到了自由，牛犊们最自由的一刻，便是笼门打开，它们被赶到卡车上，送去屠宰的时候。所有自由都是相对的——这一点你太了解了——有时候，你以为的自由根本不是自由，不过是笼子越变越大，离你越来越远，到了一定距离之后，笼条已经变得抽象，但依然存在，就像人们把野生动物"放归"到自然保护区里，其实只是用更大的边界把它们圈住罢了。不过，我愿意接受那种变大。因为有时候看不

到笼条就够了。

崔福和我在大仓里时，有几个令人欣喜若狂的时刻，我周围的笼子隐形了，虽然我知道它其实从来没有消失。我无法控制内在自我时，我的快感变成了一个陷阱。废物、大便、冗余，约束着生者，可在死亡中也反复出现。牛犊们最终被屠宰时，放弃对肚子的控制通常是它们最后的举动，肠子被突如其来的结局震惊了。

我捏着你的手腕，叫了声你的名字。

我望着你，在一片漆黑中，看到了崔福的眼睛——他的面容已经在我的脑海中越来越模糊了——我们回到大仓，他的双眼映着油灯，仿佛正在燃烧。在兰生命的最后几个小时里，我看到她的眼睛就像必需的水滴一样，是她唯一能动的东西。牛犊看到笼门打开后，瞪大了眼睛，从牢笼里逃出来，奔向了那个正要把挽具套到它脖子上的男人。

"我在哪儿，小狗？"你是玫瑰。你是兰。你是崔福。仿佛名字可以不只是一样东西，可以像黑夜那样深邃又辽阔，有一辆卡车在它的边缘空转，而你可以直接从你的笼子中走出来，我在那里等你。在群星之下，在那些早已死去的事物发出的光芒之下，我们会最终看到我们对彼此的理解——并称之为"好"。

我记得那张桌子。我记得那张用你对我说的话做成的桌子。我记得房间在燃烧。房间在燃烧，是因为兰提到了火。我记得火，因为我听到这个时，我们所有人正在哈特福德的公寓里，裹着从救世军商店买来的毯子，挤在硬木地板上睡觉。我记得救世军商店的那个男人，递给我父亲一沓肯德基的优惠券——我们称之为老头鸡，因为每个红桶上都印着山德士上校的脸。我记得狼吞虎咽地把那些松脆的油炸食品吃到肚子里，仿佛那是圣人给的礼物。我记得听说只有那些经历的痛苦很值得关注、很有名的人，才能成为圣人。我记得我认为你和兰应该成为圣人。

　　"记住，"我们每天早上走进康涅狄格州的寒冷空气中之前，你都会说，"别做什么引人注意的事。你都已经是越南人了。"

八月的第一天，弗吉尼亚州中部天气晴朗，长了一夏天的植物茂密繁盛。我们来这里看望保罗外公，庆祝我今年春天从大学毕业。我们在菜园里。晚霞落在木篱笆上，一切都披上了琥珀色，仿佛我们置身于一个灌满了茶水的雪景玻璃球里。你在我前面，正向篱笆的那头走去，身上那件粉色的衬衫在植物的阴影中时隐时现。你继续走，橡树的影子落在衣服上。你走到树下，衣服上的树影消失了。

我记得我父亲，换句话说，我在把他重新组合起来。我在一个房间里组合他，因为肯定有个房间，肯定有一块广场，生命可以在其中短暂地出现，无论有无快乐。我记得快乐，就是硬币在棕色纸袋里的响声。那些硬币是他在科特兰的中国市场里刮了一天的鱼鳞后拿到的报酬。我记得硬币撒到地板上，我们抚摸着那些冰冷的钱币，吮吸着它们充满铜味的希冀。我们以为自己有钱了。想到自己有钱了，也是一种幸福。

我记得那张桌子，但它应该是用木头做的。

菜园茂盛得仿佛正在微光中搏动。院子里的每一寸地方

都长满了植物，西红柿的藤蔓粗壮到盖住了它们倚靠的铁丝网，小麦草和羽衣甘蓝挤在独木舟大小的镀锡大盆里。还有那些现在我能叫出名字的花：木兰、紫菀、罂粟花、金盏菊、满天星——所有植物的色调都被黄昏均衡了。

光说我们是什么，我们就是什么吧？

你走在我前面，身上的粉色衬衫耀眼夺目。你蹲下身，后背一动不动，端详着两脚之间的什么东西。你把头发别到耳朵后面，停了一下，凑近继续研究。我们之间，只有一秒秒在移动。

一大群小虫悬停在空中，仿佛一张没有盖在谁脸上的面纱。这里的一切似乎都刚刚结束泛滥、休息，最后消耗殆尽，从夏日的泡沫中溢出来。我朝你走去。

我记得陪你走着去百货店，你手里攥着我父亲的薪水。到那会儿，他只打过你两次——所以你还心存希望，觉得那是最后一次被打。我记得抱了很多的神奇面包和蛋黄酱，你以为蛋黄酱就是黄油，说在西贡的时候，黄油和白面包只有在那种有管家和铁门护卫的大宅子里才能吃到。我记得回到公寓后，每个人都笑逐颜开地把蛋黄酱三明治举到皲裂的嘴唇前。我记得我以为我们就住在大宅子里。

我记得雪噼噼啪啪打在窗户上，夜幕降临，我们躺下睡觉，肩并肩，四肢缠在一起，警笛从街上呼啸而过，我们的肚子里装满了面包和"黄油"，我以为这就是美国梦。

屋子里，保罗正弯腰在厨房调制一大碗青酱：泛着光泽的厚厚的罗勒叶、用菜刀压碎的大蒜、松子、边角被烤得从黄到黑的洋葱，还有柠檬皮的鲜香。他俯下身后，眼镜上起了雾，但他还是尽力稳住患了关节炎的手，将热腾腾的意面倒在了酱汁上。两个木勺轻轻翻炒几下，蝴蝶面便沐浴在如苔藓一般鲜绿的青酱中。

水汽在厨房的窗户上凝结，将菜园的景色变成了一块空荡荡的电影银幕。该叫男孩和他母亲进屋了。但保罗望着那块空白的幕布，磨蹭了一会儿。一个人手里终于什么都没了，只等一切开始。

我记得那张桌子，换言之，我正在把它重新组合起来。因为有人张嘴说话，用话语搭建了一个结构，而我现在每次看到自己的双手，想到桌子，想到开端，也在做同样的事。我记得我的手指轻抚着桌子的边缘，研究我在脑海中创造的螺栓和垫圈。我记得我钻到桌子下面，检查背面有没有嚼过的口香糖和恋人的名字，但只发现了一些干掉的血迹和木刺。

我记得这只用一种尚不属于我的语言敲打出来的四腿野兽。

一只被此时此刻染成粉色的蝴蝶，落在一片香草叶上，又飞走了。叶片抽了一下，便恢复了平静。蝴蝶跌跌撞撞从院中飞过，翅膀看起来像极了托妮·莫里森的《苏拉》中被我折了许多次的某个页角，在纽约的一天早上，那个小角掉了下来，翻抖着落在澄澈的冬日街道上。那页的情节是，伊娃把汽油倒在了快被吸毒毁掉的儿子身上，然后点燃了火柴——这种爱与仁慈的行为，我既希望自己有能力做到，又希望永远不必体会。

我眯起眼睛看。那不是君主斑蝶——只是一只虚弱又模糊的白蝴蝶，已经准备好了在初霜中死去。但我知道，君主斑蝶就在附近，它们黑橘相间的翅膀折了起来，落满灰尘，被暑热烘烤着，准备好逃往南方。黄昏一缕一缕将我们的边缘缝成了深红。

兰在西贡下葬后的第三天夜里，我听到酒店阳台外传来了尖细的音乐声和儿童的尖叫声。那会儿已是凌晨2点。你在我旁边的床上睡得正香。我站起来，趿拉着凉鞋，出了房间。

酒店在一条小巷里。眼睛适应了墙上装着的那些日光灯管后，我朝音乐传来的方向走去。

夜晚在我眼前燃烧起来。突然到处都是人，颜色、服装、肢体、闪闪发光的珠宝和亮片组成了一个万花筒。小贩们在兜售新鲜的椰果、切好的芒果，还有把黏糊糊的一团用香蕉叶包好、放在大铁桶里蒸出来的米糕，装在三明治塑料袋里的甘蔗汁——袋子被剪了一个角，有个小男孩正捧着一袋，喝得喜笑颜开。有个手臂被晒得黝黑的男人正蹲在街边，把烤鸡放在一块比他手掌大不了多少的砧板上，熟练地用刀劈成了两半，然后把滑溜溜的鸡肉分给了正在近旁等待的一群小朋友。

在街道两边阳台上低悬的灯串间，我瞥见远处有个临时搭建的舞台。一群衣着华丽的女人正在上面左扭右摆地唱着卡拉OK，胳膊抖得像风中的彩旗。她们的歌声断断续续飘到街上来。边上的白色塑料桌上有一台小电视，里面正在放一首二十世纪八十年代越南流行歌曲的歌词。

你都已经是越南人了。

我迷迷糊糊地朝那边走去，脑子还没有完全从睡梦中清醒过来。这座城市似乎忘了时间是几点——或者更确切地说，是忘了时间本身。据我所知，那天既不是什么假期，也没有什么庆祝活动。事实上，过了这条街，到了主路上，一切又

恢复了那个钟点该有的样子：空空荡荡。所有的喧嚣都集中在这个街区里。人们现在又笑又唱，孩子们在摇摆不停的大人中间跑来跑去，最小的差不多只有五岁。老奶奶们穿着印有佩斯利涡旋纹或花卉的睡衣，坐在门口的塑料脚凳上，嘴里嚼着牙签儿，和着音乐频频点头，偶尔停下来，也只是为了呵斥周围那些孩子。

埋在地底下，兰已经是越南人了。

近到能看清她们的面容、棱角分明的下巴和低垂的眉毛之后，我才意识到那些歌手原来是男扮女装。他们那些款式各异、颜色鲜艳的亮片服装反射出的光芒耀眼夺目，仿佛是把缩小的星星穿在了身上。

我记得我父亲，换言之，我正用这些小小的文字把他铐起来。我现在把他交给你，他的手被铐在身后，他低着头钻进了巡逻的警车，因为同那张桌子一样，这幅情景也是由从未清晰发出过书中声音的嘴巴交给我的。

舞台右边有四个人正背对大家。他们低着头，一动不动——仿佛被关在了一间看不见的屋子里。他们面前有条长桌，上面似乎放着什么东西。他们的头低到从后面看起来像被砍掉一样。过了一会儿，其中的白发老太太把头放在右边的年轻男子肩上，然后哭了起来。

我记得收到过父亲从监狱里寄来的一封信，信封皱皱巴

巴，边角已被撕破。我记得拿出信来，看到一行又一行的字都被负责审查信件内容的狱警用白色液体涂掉了。我记得小心刮擦着那层挡在父亲和我之间的白色薄膜。那些文字。一张桌子的螺母和螺栓。放在无人房间里的一张桌子。

我又走近些，看到桌上盖着一块白布，而白布下面无疑躺着一个人，一动不动。这会儿，四个哀悼者都已经旁若无人地哭起来，而舞台上，歌者的假音则在他们悲痛的哭声中穿行。

我心里涌起一阵厌恶，抬头看向星光暗淡的夜空。一架飞机闪着红光，然后是白光，然后模糊在一条云带之后。

我记得仔细端详父亲的来信时，看到了一堆小小的墨点：没被抹掉的句号。沉默的语言。我记得我想到自己爱过的每个人都是一个单独的墨点，点在了一张明亮的纸上。我记得在每个点的上方写上名字，用线把它们一个个连起来，最后组成了一棵看起来很像倒刺铁丝围栏的家族树。我记得把它撕了个粉碎。

后来我才得知，那样的场景在西贡的夜晚很常见。市政验尸官因为经费不足，无法随时提供服务。有人若在半夜突然死了，便会困在市政的灵薄狱，尸体只能停留在死亡之中。于是，一场公益性的草根互助运动兴起了。邻居得知有人突然死了，就会在一个小时内凑好钱，雇一个变装表演队来演

出，谓之"推迟悲伤"。

在西贡，深夜中传来音乐和孩童玩耍的声音，就是死亡的象征——或者更确切地说，是邻里之间试图抚平伤痛的象征。

正是通过变装表演者劲爆的服装和动作、透支的面容和声音，以及冒犯性别的禁忌，通过夸张到极致的表演，这种宽慰才会变得明显。尽管他们很有用，也有报酬拿，而且在一个同性恋依然被当成罪过的社会里能够作为一项重要服务而存在，但只要死者还躺在外面，那些变装皇后就是一种他性的表演。对于哀悼者而言，他们的出现之所以有必要，就是因为他们确确实实被认为不是真的。而在最糟糕的情况下，悲伤也不是真实的，需要一种超越现实的回应。从这个角度而言，那些变装皇后就相当于独角兽。

在墓地中顿足的独角兽。

我记得那张桌子，记得火舌开始吞卷它的边缘。

我记得自己第一次过感恩节，地点是在朱尼尔家。兰做了一盘煎蛋卷，叫我带过去。我记得他家总共来了二十多个人。那些人哈哈大笑时还会拍桌子。我记得自己盘中的食物越堆越多：土豆泥、火鸡、玉米饼、猪小肠、蔬菜、红薯

派——还有煎蛋卷。大家都拿煎蛋卷蘸肉汁吃，还夸兰的手艺好。我也是，蘸了肉汁吃。

我记得朱尼尔的母亲把一个黑色的塑料圈放在一个木头机器上。那个圈转起来后，音乐出现了，是一个女人哀号的声音。大家都闭上眼，歪着头，仿佛在听什么秘密信息。我记得当时想，我之前好像听过，跟我母亲和外婆一起听的。是的。我甚至在子宫里听过。那是一首越南的摇篮曲。所有摇篮曲的开头都是哀号，仿佛痛苦无法以其他方式离开身体。我记得外婆的声音从机器里传来，身体跟着摇摆起来。朱尼尔的父亲拍了拍我的肩膀。"你还知道埃塔·詹姆丝啊？"我记得幸福。

我记得第一年在美国学校上学，还有参加完学校组织的农场游后，扎帕蒂亚先生给了学生每人一张纸，上面印着一头黑白的奶牛，让大家"根据今天看到的涂色"。我记得自己看到农场的奶牛很悲伤，站在电篱笆后面，大大的脑袋不怎么动。因为我那时才六岁，所以我记得我觉得颜色也是一种幸福，便挑了蜡笔盒中最亮的颜色，用紫、橙、红、棕红、洋红、青灰、紫红、亮灰、淡绿，涂满了我那头悲伤的牛。

我记得扎帕蒂亚先生浑身发抖，用他多毛的手抓起我那头彩虹奶牛，揉成一团，低头冲我吼道："我说根据今天看到的涂色。"我记得我重新要了一张。我记得我没有再往我的牛

上涂色，只是盯着窗外。我记得天空很蓝，很冷酷，我坐在那里，坐在同学当中——感到不真实。

在那条街上，在那个已经失去了生命的气息、可在一动不动的状态下反倒比生者更加鲜活的死者身旁，在满是污水和径流、永远臭气熏天的水沟边上，我的视线模糊起来，各种颜色在我的眼皮之下混到了一起。路过的人同情地点点头，以为我是死者的亲人。我抹了一把脸。一个中年男人捏住我的脖子——越南的父亲或叔伯给你鼓劲儿时的惯常动作——"你还会见到她的。哎，哎，"他有些哽咽，嘴里满是酒气，"你们会再见的。"他拍了拍我的脖子，"别哭了。别哭了。"

这个人。这个白人。这个保罗。他猛地推开了菜园的木门，金属闩子在他身后叮当响着。在血缘上，他不是我的外公——在行动上是。

当年，许多年轻人为了逃避征兵都跑到了加拿大，他为什么要主动去越南？我知道他从没跟你说过——因为要告诉你，他就得用一门他不太熟练的语言，跟你解释他对小号那种抽象又坚定的爱。据他说，他想成为从弗吉尼亚乡村的荒林和谷地中走出来的"白人版迈尔斯·戴维斯"。在他的童年时代，那座两层农舍中总是回荡着小号厚重的音符。但也

是在那座农舍中，他父亲动不动便雷霆震怒，对家人实行恐怖统治，连门都被拆了。他与父亲之间唯一的联系就是金属：他父亲的金属是在奥马哈海滩发起突袭时，一块卡在大脑中的炸弹碎片；保罗的是他放到嘴边、用来吹奏乐曲的铜号。

我记得那张桌子。我曾试着把它还给你。你把我抱在怀中，轻轻抚摩着我的头发，说："好了，好了。没事了。没事了。"但那是个谎言。

事情其实是这样的：我给了你那张桌子，妈——换言之，我把我的彩虹奶牛给了你，那是我趁扎帕蒂亚先生不注意，从废纸篓里拿出来的。那些颜色在你手里动来动去、卷曲起皱。我试着告诉你，但无法用你理解的语言来解释。你明白吗？我是美国中间一个开裂的伤口，而你在我里面问，*我们在哪儿？我们在哪儿，宝贝？*

我记得盯着你看了许久，而且因为我当时才六岁，所以觉得只要我眼神足够坚定，就可以把我的思想*传送*到你的脑子里。我记得气得哭了起来。你根本不知道。你像往常那样，把手伸到我的衬衫下面，轻轻给我挠背。我记得自己安静下来，然后就那样睡着了——我那头被揉成团的牛，像一个慢动作的彩色炸弹，在床头柜上舒展开来。

保罗玩音乐是为了逃离——所以当他父亲撕毁他音乐学院的申请表后，保罗选择了逃得更远。他一路跑到征兵处，

然后又跑到了东南亚。那年他十九岁。

人们总说事出有因——但我无法告诉你为什么死者总比生者多。

我无法告诉你为什么有些君主斑蝶在南迁的过程中，会突然停止飞翔，仿佛它们的翅膀突然变重了，不再完全属于它们——最终摔下去，把自己从故事里删掉。

我无法告诉你为什么在西贡的那条街上，当那具尸体躺在被单之下时，我听到的歌并不是来自变装歌手的嗓子，而是来自我自己。"许多人，许多许多许许多人，想要我死。"街道有节奏地跳动着，在我周围旋转着它破碎的色彩。

在喧嚣之中，我注意到那尸体有了变化。头歪到了一边，顺带也把被单扯了过去，露出他的后颈——已经变得很苍白。在他的耳朵下方，一个指甲盖那么大的玉石耳环，轻轻晃了一下，又恢复了静止。"主啊，我不再哭泣，不再看天。求你怜悯我。我眼睛充血，兄弟，我看不见。"

我记得你抓着我的肩膀。外面大雨如注或大雪纷飞或街道被淹或天是瘀青色。我穿着浅蓝色的鞋子，你跪在人行道上，边给我系鞋带边说："记住，记住，你都已经是越南人了。"你都已经是了。你都准备好了。

247

已经走了。

我记得那条人行道，我们在上面推着那辆生锈的购物车，去新不列颠大道上的教堂和施粥场。我记得那条人行道开始流血：购物车下面出现了许多胭脂色的小点。一长串血迹，我们前面有，后面也有。肯定是昨天晚上有人遭到了枪击或被捅刀子了。但我们没有停下脚步。你说："别低头，宝贝。别低头。"离教堂还很远，尖塔现在就是天空中的一个针脚。"别低头。别低头。"

我记得红色。红色。红色。红色。红色。你紧紧攥着我的手，手心都湿了。红色。红色。红色。红色。你的手特别烫。你的手是我的。我记得你说："小狗，抬头，抬头。看见没？看见树上那些鸟没有？"我记得当时是二月，阴郁的天空下，那些树还是黑乎乎、光秃秃的一片。但你一直说："快看！小鸟。五颜六色的。蓝鸟。红鸟。洋红鸟、浅灰鸟。"你指着盘曲的树枝。"看没看见那窝小黄鸟，那只绿色的大鸟正在喂它们虫子？"

我记得你瞪大眼睛。我记得顺着你手指的方向看啊看。终于，一团模糊的翠绿慢慢清晰起来。我看到了它们。那些鸟。所有鸟。随着你的嘴巴开开合合，它们像果实一样长出来，你的话语不停地给那些树木涂上色彩。我记得我忘掉了血迹。我记得从没低下头看。

是啊，曾经有过一场战争。是啊，我们就来自它的震中。在那场战争中，一个女人给自己取了一个新名字——兰——并以此宣布了自己的美，也让那美变成了某种值得珍藏的东西。那之后，她的女儿出生了，而她的女儿又生了一个儿子。

一直以来，我都告诉自己，我们都是战争的产物——但我错了。我们都是美的产物。

别让人错把我们当作暴力的果实——但那暴力虽穿过了果实，也未能毁掉它。

保罗在我后面，正在菜园的门边剪薄荷叶，要把它们配在青酱里。剪刀在根部咔嚓咔嚓地响。一只松鼠从附近的梧桐树上匆匆下到地面，站在原地闻了闻，又爬上树，消失在树枝间。我过来的时候，你就在前面不远处；我的影子碰到了你的脚跟。

"小狗。"你头也没回地说。阳光早已离开菜园。"快过来看这个。"你指着脚下的那片地，压低声音喊道，"这也太疯狂了吧？"

我记得那个房间。兰在唱一首跟火有关的歌，女儿们围在身旁。烟雾升腾，在角落积聚。房中间的桌子成了一团熊熊的火焰。几个女人闭着眼睛，固执地唱着歌。一句歌词接

一句歌词，一幅幅画面在墙壁上快速闪过：一个已经不存在的城市中，一个阳光灿烂的十字路口。一个没有名字的城市。一个白人站在坦克旁边，怀里抱着他黑头发的女儿。一家人睡在炸弹坑里。一家人躲在桌子下。你明白吗？我得到的只是一张桌子。一张代替了房子的桌子。一张代替了历史的桌子。

"我们在西贡有座房子，"你告诉我，"一天晚上，你父亲喝多了，回到家以后，在厨房餐桌旁第一次打了我。那会儿你还没出生。"

但我确确实实记得那张桌子。它既存在又不存在。一件光用嘴组合起来的传家宝。还有名词。还有灰烬。我记得那张桌子，就像一块嵌在脑子里的碎片。有些人称之为弹片。而有些人则称之为艺术。

我现在在你身旁，你指着那个地方，就在你脚趾之外，一群蚂蚁在那一小块地上涌动着。一团热闹非凡的黑色，厚重得像一个不成形的人影。我分不清哪只是哪只——它们不停地爬来爬去，身体似乎连为一体，每一只都像长着六条腿的字母，在黄昏中变成了深蓝色——仿佛一个陈旧的字母表的分形。不，它们不是君主斑蝶。它们来年冬天时还会留在

这里，会把它们的肉体变成种子，钻到更深处——待到春来土暖时，会饥肠辘辘地破土而出。

我记得墙壁在火光中像画布一样变得卷曲。黑烟在天花板上翻滚着。我记得爬到桌子底下，那桌子此时已是一堆灰烬，我把手指插了进去。我的指甲与我的国家一起变黑。我的国家在我的舌头上消失。我记得自己捧起灰烬，在那三个坐在房中的女人的额头上写下活、活、活。那灰烬最终变硬，变成了白纸上的墨迹。这一页上就有灰烬，足够分给每个人。

你直起身，拍掉裤子上的灰尘。夜晚抽走了菜园里的所有颜色。我们朝房子走去，没有投下影子。屋子里，在昏暗的灯光下，我们卷起袖子，洗干净手。我们说着话，小心翼翼地不盯着对方看太久——没什么话可说之后，我们摆好了餐具。

我在梦里听见了。睁开眼后，我又听见了——低声的哀嚎掠过被摧毁的田野。一只动物。从来都只有动物的痛苦才如此清晰，如此明确。我躺在大仓凉爽的泥地上。一排排烟叶悬在我的上方，一阵风吹来，它们的肢体互相擦过——这意味着，现在已经是八月的第三个星期。透过板条间的缝隙，可以看到新的一天已经带着蒸腾的暑气到来。声音又出现了，这一次我坐了起来。看到他之后，我才知道自己又回到了十五岁。崔福枕着胳膊，侧身在我旁边睡着，但看起来更像是陷入了沉思。他的呼吸缓慢而轻柔，带着微微的酒气。几个小时前，我们喝过帕布斯特啤酒，空罐子在他脑袋上方的长凳上排了一排。几英尺外，那个金属军用头盔在一旁倒躺着，浅蓝色的晨光聚在盔壳里。

　　我只穿着内裤，走进了茫茫的晨雾中。那哀嚎又出现了，

低沉而空旷，仿佛是某种有墙壁的东西，可以让你躲在其中。一定是受伤了。只有处在痛苦之中的动物，才会发出那种你可以进入的声音。

我在平坦的田野上寻找着。雾气飘荡在深棕色的土壤上。什么都没有。那声音肯定是从毗邻的农场传来的。我继续走着，湿度越来越高，我的太阳穴被刚刚渗出的汗水弄得发痒。

旁边的地里，最后一茬儿烟叶又宽又厚，泛着墨绿色的光，朝各个方向伸去，再有一个星期就可以收割了。不知道为什么，这一茬儿比之前的高大许多，叶尖都过了我的头顶。旁边那棵橡树曾在两个星期前被我们开着的那辆雪佛兰卡车撞上过。蟋蟀尚未开始乱跑乱跳，正在锯开浓稠的雾气。我继续往前走，每次哀嚎响起，我便停下来。声音越来越大，越来越近。

昨晚在橡子下面，热使我们的嘴唇起了皮，我们躺在地上喘着粗气，我们之间的黑暗很安静。我问了崔福一周前兰问我的那个问题。

"你有没有想过探索频道里的那些野牛？我是说，它们怎么会一直往山崖底下跳？"

他转头看我，嘴唇上的绒毛擦着我的胳膊。"野牛？"

"对啊，它们为什么一直那么跑，看到前面那些摔下以后还继续跑？总会有一头停下来，掉头往回走吧。"

他的手出于工作的缘故，被晒得黝黑，搁在肚皮上显得更黑。"对啊，我在自然节目里看到的。它们就像一堆倒塌的砖头那样，直直栽了下去。"他厌恶地啧了一声，小声说道："白痴。"

我们静静躺着，任由野牛们继续摔下去，几百头默默地冲下我们脑海中的悬崖。一辆卡车开过旁边的烟田，停在车道上。碎石子在轮胎下刺啦刺啦地响着，一道光甩进大仓里，照亮了我们鼻子上方的灰尘。他紧闭着眼睛——到那时，我已经知道它们不再是灰色——而是崔福。车门关上，有人到家了，低低的声音传来，是问句的升调，"怎么样"或者"饿不饿"。某种简朴又必要的问候，但要再加点儿关切。那样的声音，就好像铁道沿线那些电话亭上的小屋顶，也是用盖房子的木瓦做的，但只有四排宽，刚好能让电话避免淋雨。或许我想要的就是这个——被问一个问题，让它变成一个和我等宽的屋顶，把我盖住。

"也不是它们说了算啊。"崔福说道。

"什么不是？"

"那些野牛。"他拍着腰带上的金属搭扣，"要去哪儿，不是它们说了算。而是大自然这位母亲。她告诉它们跳，它们就会听话地跳下去。这个它们没的选，不过是自然规律。"

"规律，"我低声重复道，"就说它们只是在追随亲人，家

人往前跑，它们就跟着一起？"

"嗯，差不多吧。"他带着睡意说，"一家人。糟糕的一家人。"

我当时突然对他涌上了一阵柔情。对于当时的我而言，这种感受是那么稀有，以至于我觉得自己都要被它取代了。然后崔福把我拉回了现实。

"哎，"他昏昏沉沉地说，"你认识我之前是什么样？"

"我觉得我快要淹死了。"

他犹豫了一下。

"那你现在是什么样？"他小声问，快睡着了。

我想了一秒："变成了水。"

"滚蛋，"他捶了一下我的胳膊，"快睡吧，小狗。"然后便安静下来。

但他的睫毛还在动。你能听到它们思考的声音。

我不知道自己为什么会跟着那个受伤的声音，但我一直被牵着走，仿佛它可以给一个我尚未想到的问题提供答案。人们说，如果你太想要某样东西，到最后就会把它变成你的神灵。但是，妈，如果我想要的只是我的人生呢？

我又想到了美，想到了有些东西之所以被追捕，仅仅就

是因为我们认为它们很美。如果说相对于地球的历史而言，个人的生命非常短暂，就像人们说的，一眨眼的工夫，那么即使活得绚烂，从你出生到你死去，也只是短暂绚烂。如同现在这样，太阳出来了，低低地挂在榆树林后面，而我根本分不清那是日出还是日落。越来越红的世界，在我看来没有差别——我已经分不清哪边是东，哪边是西。今天早晨的色彩中带有某种已经要离开的东西的磨损色调。我想到了那次崔福和我坐在工具房的房顶上看着太阳渐渐落下去。那场景让我惊叹，并不是因为它的结果——短短几分钟内，就改变了事物被看到的样子，包括我们自己——而是因为我竟然能看到它。因为夕阳同生存一样，只存在于自己消失的边缘。要想活得绚烂，你首先必须被看到，但被看到也意味着你会被追捕。

我又听到了它的喊叫。现在我很肯定，那是一头小母牛。农场主经常会在晚上卖小牛，直接用卡车拉走，而牛妈妈们正在各自的畜棚隔间里睡觉，不会醒过来，厉声呼唤它们的宝宝。因为有些小牛哀嚎得太厉害，嗓子会肿到切断呼吸，农场主还得塞个气球进去，不停打气，帮助它们扩张颈部肌肉。

我又走近一些。烟草高高地立着。它又哀嚎起来，那叫声分开了叶柄，叶子颤抖着。我朝那一小片空地走去，它就在那儿。植物顶上的光线像蓝色的泡沫。我听到它巨大的肺正在努力吸入空气，很轻柔，但如风一样清晰。我拨开厚厚的烟草，向前走去。

"妈？再给我讲一遍那个故事。"

"我太累了，宝贝。明天。继续睡吧。"

"我睡不着。"

已经十点多了，你刚刚从美甲店回来。头上包着毛巾，皮肤上依然留有洗澡水的余温。

"讲吧，讲快点儿。猴子那个故事。"

你叹口气，钻到毯子里面。"好吧。不过先给我拿根烟。"

烟在床头柜上，我抽出一根，放进你的嘴里，给你点着。你吸了一口，又吸了一口。我把烟拿掉，望着你。

"好。我想想。从前有一个猴王——"

"不是，妈。真的那个。快讲。讲那个真故事。"

我再次把烟放到你嘴上，让你吸了一口。

"好。"你环顾着房间，"很久以前——靠过来点儿，你到底想不想听？很久以前，在一个古国，人们会吃猴子的大脑。"

"你是猴年生的。所以你也是只猴子。"

"嗯，就是啊，"你望着远处，小声说，"我是猴子。"

香烟在我手指间冒着烟。

水汽从温暖的土壤中升起来。我从烟草间走出来，天空变宽，烟叶减少，露出一个比神灵的指纹大不了多少的圆圈。

但里面什么都没有。没有牛，没有声音，只有最后一批蟋蟀，正在远处鸣叫，烟叶依然立在晨雾中。我站在那儿，等着那声音让我变真实。

但什么都没有。

小母牛、农场、男孩、残骸、战争——难道一切都是我在梦中编造，但醒来之后，又与我的皮肤融为一体了？

妈，我不知道这封信你到底读了多少——或者是否读到了这儿。你总说太晚了，不想读了，你肝不好，骨头也累，经历了那么多事，你现在只想休息一下。阅读这项特权，是你用你失去的东西给我换来的。我知道你相信轮回转世。我说不清自己信不信，但我希望是真的。因为那样的话，或许在那下一次你还能回到这里。或许你还是个小女孩，你的名字还是玫瑰，你的房间里会堆满各种书，你的父母会给你讲睡前故事，你的国家也没有遭受战争的蹂躏。或许那个时候，在那个生命中，在这个未来里，你会找到这本书，你会了解我们到底发生了什么。你会记得我。也许吧。

不知为何，我跑了起来，跑过空地，回到了烟叶坚挺的

绿荫下。我跑着，双脚在我下面变成了一团模糊的风。即便我认识的人里还没有谁死去，崔福没有，兰没有，我的朋友们也没有，急速球^①和海洛因从未靠近过他们完好无损的血管；即便农场还没被卖掉，还没被开发商拿来盖豪华公寓，大仓还没被拆掉，墙板还没被做成家具或者装到布鲁克林那些时髦咖啡厅的墙上，但我也在跑。

我不停地跑，因为我觉得我可以超过一切，我改变的意愿要强过我对生活的恐惧。我的胸腔湿漉漉的，沾满了落叶，那一日的边缘在冒烟，我飞速狂奔，感觉我终于冲出了自己的身体，将它抛在身后。但当我回身去看那个气喘吁吁的男孩，准备好最终原谅他虽然努力，却没能变好时，发现那里并没有人——只有枝叶繁盛的榆树立在田野边上。接着，我无缘无故又继续跑起来。我想到了那些野牛正在某个地方，或许在北达科他州或者蒙大拿州，肩膀上的肌肉像慢镜头那样一起一伏。它们冲向悬崖，棕色的躯体堵在狭窄的绝壁上。它们瞪着黑油油的眼睛，柔软的犄角上落满了灰尘。它们一起向前奔去——然后，它们变成了驼鹿，身形巨大，长着鹿角，湿乎乎的鼻孔嘟嘟响；然后它们变成狗，爪子不停抓向边缘，舌头舔着阳光；到最后，它们变成了猕猴，一大群猕猴。它们的头顶被割开，脑子被掏空，它们飘了起来，四肢

---

① 指混入了可卡因或安非他命的海洛因。

上的毛如羽毛一样纤软。就在第一头跳下悬崖，踩在空气上，下面是永恒的虚空时，它们燃烧起来，变成了赭红色火花一般的君主斑蝶。成千上万只君主斑蝶涌下边缘，散入白雾之中，如血流打在水上。我飞奔过田野，仿佛我的悬崖从未被写进这个故事里，仿佛我并不比我姓名中的那些字更沉重。我就像一个字，在这个世界中并没有重量，但依然继续过我的生活。我把它扔到自己前面，直到我身后留下的东西成了我正在奔向的东西——就如同我成了家庭的一分子。

"他们那时为什么没抓到你？"我把万宝路香烟又放到你的嘴边。

你抓住我的手，让它在那儿停了一会儿。你吸了一口，然后自己把烟夹了过去。"哦，小狗，"你叹口气，"小狗，小狗。"

猴子、驼鹿、奶牛、狗、蝴蝶、野牛。我们要是可以让那些生命被毁掉的动物讲一个人的故事该多好啊——说到底，我们的人生本身也是动物的故事。

"他们为什么没抓到我？嗯，因为我快呀，宝贝。有些猴子特别快，跟幽灵一样，你知道吗？'噗'的一下，"你张开手掌，做出小爆炸的样子，"就消失了。"你的头没动，但眼睛看向我，像一位母亲看任何东西那样——看得过久。

接着，无缘无故，你大笑起来。

sing（歌唱）的过去式不是singed（烧燎）。

——阮花（*Hoa Nguyen*）

致 谢

第4页，"自由不过是猎人与猎物之间的距离"一句，出自北岛的诗歌《同谋》（诗集《八月的梦游者》）。

第37页，"两种语言……召唤出第三种"一句，转述自罗兰·巴特的《罗兰·巴特》。

第204页，"太多的快乐，我敢保证，都消失在了我们对它的迫切挽留之中"一句，受到了禅宗中有关快乐和无常的理论影响，麦克斯·利特沃（Max Ritvo）在2016年接受潜水员网站（Divedapper.com）的采访时，也表达了类似观点。

我想感谢下面这些人，是他们让我和我的作品在这个世上成为可能（排名不分先后）。

我非常感谢汤姆·卡拉翰（Tom Callahan）精湛的新闻报

道，你在《ESPN杂志》（*ESPN the Magazine*）和《高尔夫文摘》（*Golf Digest*）中的深度报道，拓宽、丰富并影响了我对老虎伍兹的理解，以及他在高尔夫球与美国文化中留下的宝贵财产。感谢伊莱恩·斯凯瑞（Elaine Scarry）及其作品《美与公正》（*On Beauty and Being Just*），感谢你用智慧、缜密、明晰的讨论丰富了这个话题。

感谢我的老师们，谢谢你们总能看清（并保持）正确的道路：布鲁克林学院的罗尼·纳托夫（Roni Natov）和杰瑞·德卢卡（Gerry DeLuca）、诗人之家的简·博文（Jen Bervin）、纽约大学的莎伦·奥尔兹（Sharon Olds），以及我在哈特福德高中的诗歌老师蒂莫西·桑德森（Timothy Sanderson）。

感谢本·勒纳（Ben Lerner），如果没有你，我的大部分思考都无法实现，我也成不了作家。谢谢你总是提醒我，规矩不过是趋向，并非真理，我们的想象力有多渺小，体裁的边界就有多真实。我非常感谢你的大恩大德，也感谢布鲁克林学院英语系在我二〇〇九年冬天失去住房时，给我拨了一笔应急基金，助我渡过难关。

感谢尤瑟夫·科蒙亚卡（Yusef Komunyakaa），谢谢你向我展示了如何打破界限，透过那些残酷、漆黑的节点，更加清楚地看到世界。二〇〇八年秋的一个雨夜，在西村的某

个电影院里，机缘巧合，我坐到了你旁边，你不但容忍了我作为粉丝的狂热，还听我天南地北地瞎侃。我已经不记得我们看了什么电影，但我永远都忘不了你的笑。谢谢你做我的老师。

在写这本书期间，这些艺术家、音乐家是我频繁的倚靠，向你们深鞠躬：詹姆斯·鲍德温（James Baldwin）、罗兰·巴特（Roland Barthes）、查尔斯·布莱德利（Charles Bradley）、裴施（Thi Bui）、安妮·卡森（Anne Carson）、车学庆（Theresa Hak Kyung Cha）、亚历山大·池（Alexander Chee）、格斯·达珀顿（Gus Dapperton）、迈尔斯·戴维斯（Miles Davis）、娜塔莉·迪亚兹（Natalie Diaz）、琼·狄迪恩（Joan Didion）、玛格丽特·杜拉斯（Marguerite Duras）、香水天才（Perfume Genius）、释一行禅师（Thich Nhat Hanh）、惠特尼·休斯顿（Whitney Houston）、金惠顺（Kim Hyesoon）、埃塔·詹姆丝（Etta James）、汤亭亭（Maxine Hong Kingston）、金·克鲁尔（King Krule）、町田龙太（Lyoto Machida）、MGMT乐队、邱妙津、米茨基（Mitski）、阮越清（Viet Thanh Nguyen）、弗兰克·奥申（Frank Ocean）、珍妮·奥菲尔（Jenny Offill）、弗兰克·奥哈拉（Frank O'Hara）、雷克斯·奥兰治县（Rex Orange County）、理查德·西肯（Richard Siken）、妮娜·西蒙（Nina Simone）、苏

菲洋·斯蒂文斯（Sufjan Stevens）、C. D. 赖特（C. D. Wright）。

感谢每一位美籍亚裔艺术家前辈，谢谢你们。

感谢彼得·比恩考斯基（Peter Bienkowski）、劳拉·克莱斯特（Laura Cresté）、本·勒纳（再次感谢）、唐妮亚·奥尔森（Tanya Olson），谢谢你们阅读本书的手稿，并好心地提出了各种如明灯一样的评价和见解。

感谢以下各位的友谊，感谢你们与我分享这一艺术和空气：莫霍格尼·布朗（Mahogany Browne）、希文·巴特勒—洛索兹（Sivan Butler-Rotholz）、爱德华多·卡洛尔（Eduardo C. Corral）、希拉·厄里克曼（Shira Erlichman）、彼得·吉兹（Peter Gizzi）、蒂芙尼·黄（Tiffanie Hoang）、马利·莱斯佩朗斯（Mari L' Esperance）、洛马 [Loma，即克里斯托弗·索托（Christopher Soto）]、劳伦斯·明—裴·戴维斯（Lawrence Minh-Bùi Davis）、安琪儿·纳菲斯（Angel Nafis）、尹智贤（Jihyun Yun）。

感谢道格·阿格（Doug Argue），是你用活力、坦诚和勇气，让我更加勇敢地面对了我们的真相，并且通过各种努力，使这本书的出版成为了可能。

感谢我无敌、无畏的代理人弗朗西斯·蔻迪（Frances Coady，蔻迪队长！），感谢你敏锐的眼睛、不懈的信任与耐心，感谢你把我首先作为一个艺术家来看待，在这一切开始

前，找到了我，并相信我会成功。

深深感谢我的编辑安·葛道夫（Ann Godoff），感谢你对这本小书抱有的纯真热情，感谢你能那样透彻、彻底地理解，并刻骨地关怀它，从各方面支持作者本人的愿景。感谢企鹅出版社的优秀团队：麦特·博伊德（Matt Boyd）、凯西·德尼斯（Casey Denis）、布莱恩·艾特林（Brian Etling）、朱莉安娜·基扬（Juliana Kiyan）、希娜·帕特尔（Shina Patel）、索娜·沃格尔（Sona Vogel）。

感谢拉涅利城堡基金会（Civitella Ranieri Foundation）的达娜·普利斯科特（Dana Prescott）和蒂亚戈·门卡罗尼（Diego Mencaroni），正是在翁布里亚的一次雷雨期间，我在停电的基金会里开始用笔写作此书。感谢莱斯利·威廉姆森（Leslie Williamson）和索顿斯托尔艺术基金会（Saltonstall Foundation for the Arts），我在那里写完了本书。感谢蓝南基金会（Lannan Foundation）、怀丁基金会（Whiting Foundation）、马萨诸塞大学阿默斯特分校（University of Massachusetts–Amherst）的大力协助。

感谢彼得，永远感谢有你。

妈，cảm ơn（谢谢）。

大地上我们转瞬即逝的绚烂

[美] 王鸥行 著

李鹏程 译

图书在版编目（CIP）数据

大地上我们转瞬即逝的绚烂 / （美）王鸥行著；李鹏程译 . -- 北京：北京联合出版公司，2023.7（2023.8 重印）

ISBN 978-7-5596-6872-1

Ⅰ . ①大… Ⅱ . ①王… ②李… Ⅲ . ①书信体小说－美国－现代 Ⅳ . ① I712.45

中国国家版本馆 CIP 数据核字 (2023) 第 088935 号

On Earth We're Briefly Gorgeous: A Novel

By Ocean Vuong

北京市版权局著作权合同登记号 图字:01-2022-6258 号

出 品 人	赵红仕
选题策划	联合天际·文艺生活工作室
责任编辑	龚 将
特约编辑	张雪婷
美术编辑	程 阁
装帧设计	汐和 at compus studio

未读 DR | 文艺家

出 版	北京联合出版公司 北京市西城区德外大街 83 号楼 9 层 100088
发 行	未读(天津)文化传媒有限公司
印 刷	三河市冀华印务有限公司
经 销	新华书店
字 数	147 千字
开 本	787 毫米 × 1092 毫米 1/32 8.75 印张
版 次	2023 年 7 月第 1 版 2023 年 8 月第 2 次印刷
I S B N	978-7-5596-6872-1
定 价	55.00 元

关注未读好书

客服咨询